TRANZLATY

El idioma es para todos

La lingua è per tutti

La Transformación
(*La Metamorfosis*)
La Metamorfosi

Franz Kafka

Español
Italiano

www.tranzlaty.com

Primera parte
Parte prima

Gregorio Samsa se despertó una mañana de un sueño intranquilo.
Gregor Samsa si svegliò una mattina da sogni inquieti.
Se encontró en su cama, pero incapaz de moverse.
Si ritrovò nel suo letto, ma incapace di muoversi.
Se había transformado en una alimaña monstruosa.
Era stato trasformato in un mostruoso parassita.
Estaba acostado boca arriba, sobre su espalda, que estaba dura como una armadura.
Era sdraiato sulla schiena, dura come un'armatura.
Levantando un poco la cabeza podía ver su barriga.
Sollevando un po' la testa poteva vedere la sua pancia.
Pero su vientre estaba abovedado y dividido en segmentos.
Ma il suo ventre era bombato e diviso in segmenti.
La manta descansaba encima de su vientre redondeado.
La coperta era appoggiata sulla sua pancia rotonda.
Pero la manta estaba a punto de caerse por completo.
Ma la coperta stava per scivolare giù del tutto.
Sus piernas eran lamentables comparadas con su tamaño habitual.
Le sue gambe erano pietose rispetto alle loro dimensioni normali.
Y sus muchas piernas se movían impotentes ante sus ojos.
E le sue numerose gambe tremolavano impotenti davanti ai suoi occhi.
"¿Qué me ha pasado?" pensó para sí.
"Cosa mi è successo?" pensò tra sé.
Pero no era un sueño del que no pudiera despertar.
Ma non era un sogno dal quale non potesse svegliarsi.
En realidad era su propia habitación la que él se encontraba.
Si ritrovò davvero nella sua stanza.
Un auténtico espacio para humanos, aunque un poco pequeño.
Una vera stanza per gli umani, ma un po' troppo piccola.

Él yacía tranquilamente entre las cuatro paredes conocidas.
Giaceva tranquillo tra le quattro mura a lui ben note.
Sobre la mesa había una colección de muestras textiles.
Sul tavolo c'era una raccolta di campioni tessili.
Samsa era un vendedor ambulante, de ahí las muestras.
Samsa era un commesso viaggiatore, da qui i campioni.
Encima de las muestras textiles desmontadas había una imagen.
Sopra i campioni tessili smontati c'era una foto.
Recientemente había recortado la imagen de una revista.
Aveva ritagliato di recente la foto da una rivista.
Había colocado el cuadro en un bonito marco dorado.
Aveva inserito il quadro in una bella cornice dorata.
El cuadro enmarcado mostraba a una dama sentada erguida.
Il quadro incorniciato raffigurava una donna seduta in posizione eretta.
Llevaba un gorro de piel y tenía un manguito de piel.
Indossava un cappello di pelliccia e aveva anche un manicotto di pelliccia.
Ella estaba levantando su mano hacia el espectador de la imagen.
Stava alzando la mano verso chi guardava la foto.
Todo su antebrazo desapareció dentro de su pesado manguito de piel.
Tutto il suo avambraccio scomparve nel pesante manicotto di pelliccia.
Gregor miró por la ventana el clima gris.
Gregor guardò fuori dalla finestra il tempo uggioso.
Se podía oír fuertes gotas de lluvia golpeando la ventana.
Si sentivano forti gocce di pioggia che colpivano la finestra.
El clima gris lo hacía sentir muy melancólico.
Il tempo grigio lo rendeva molto malinconico.
"¿Qué tal si duermo un poco más?" pensó.
"Che ne dici se dormo ancora un po'?" pensò.
"Dormir más podría ayudarme a olvidar estas tonterías".
"Dormire di più potrebbe aiutarmi a dimenticare queste sciocchezze."

Pero dormir más era completamente inviable.

Ma dormire ancora era del tutto impraticabile.

Porque estaba acostumbrado a dormir sobre su lado derecho.

Perché era abituato a dormire sul fianco destro.

Pero su estado actual le impedía realizar sus movimientos habituales.

Ma le sue condizioni attuali gli impedivano di compiere i suoi movimenti abituali.

No tenía forma de llegar a esa posición.

Non aveva modo di mettersi in questa posizione.

Intentó con todas sus fuerzas lanzarse hacia su lado derecho.

Fece del suo meglio per gettarsi sul fianco destro.

Probablemente intentó este movimiento cientos de veces.

Probabilmente ha tentato questo movimento un centinaio di volte.

Pero él siempre volvía a la posición supina.

Ma lui tornava sempre in posizione supina.

Cerró los ojos para no ver sus piernas inquietas.

Chiuse gli occhi per non vedere le sue gambe che si muovevano irrequiete.

Al final el dolor le impidió intentarlo de nuevo.

Alla fine il dolore gli impedì di riprovarci.

Un dolor sordo en el costado que nunca había sentido antes.

Un dolore sordo al fianco che non aveva mai sentito prima.

«Oh Dios», pensó desesperado Gregorio Samsa.

"Oh Dio", pensò disperatamente Gregor Samsa.

¡Qué profesión tan agotadora he elegido para mí!

"Che professione impegnativa ho scelto per me stesso!"

"Día tras día tengo que viajar por trabajo".

"Ogni giorno devo viaggiare per lavoro."

"El trabajo de oficina es mucho más fácil que trabajar fuera de casa".

"Il lavoro d'ufficio è molto più facile che lavorare in viaggio."

"Y tengo la maldición de tener que viajar."

"E ho la maledizione di dover viaggiare in lungo e in largo."

"Todas las preocupaciones por llegar a tiempo a los trenes."

"Tutte le preoccupazioni di arrivare in orario per i treni."

"**Mis horarios de comida son irregulares y la comida es mala**".

"I miei orari dei pasti sono irregolari e il cibo è cattivo."

"**Mis amigos siempre están cambiando de ciudad en ciudad.**"

"I miei amici cambiano sempre da una città all'altra."

"**Las interacciones que tengo son frías y profesionales**".

"Le mie interazioni sono fredde e professionali."

"**¡Dejad que el Diablo se divierta con este tipo de trabajos!**"

"Che il diavolo si diverta con questo genere di lavoro!"

Sintió un ligero picor en la parte superior del estómago.

Sentì un leggero prurito sulla parte superiore dello stomaco.

Se apoyó contra el poste de la cama, con la espalda.

Si spinse con la schiena contro il montante del letto.

Quería poder levantar mejor la cabeza.

Voleva riuscire a sollevare meglio la testa.

Encontró el punto que le picaba y le molestaba.

Trovò il punto pruriginoso che lo dava fastidio.

Su cabeza parecía estar cubierta de pequeños puntos blancos.

La sua testa sembrava ricoperta di piccoli puntini bianchi.

No podía decir qué eran esos pequeños puntos blancos.

Non riusciva a capire cosa fossero quei piccoli puntini bianchi.

Había planeado tocar el lugar con una de sus piernas.

Aveva pianificato di toccare il punto con una delle sue gambe.

Pero cuando tocó el lugar sintió un extraño escalofrío.

Ma quando toccò quel punto sentì uno strano brivido.

Entonces inmediatamente retiró la pierna del lugar.

Allora lui ritirò immediatamente la gamba dal posto.

No tuvo más remedio que aceptar la sensación de picazón.

Non aveva altra scelta che accettare la sensazione di prurito.

Y volvió a su posición anterior en la cama.

E tornò alla sua precedente posizione nel letto.

"**Despertarse tan temprano realmente te vuelve bastante estúpido**".

"Svegliarsi così presto rende davvero stupidi."

"**Un hombre debe dormir lo suficiente**", pensó.

"Un uomo deve dormire a sufficienza", pensò tra sé.

"Los demás vendedores ambulantes viven una vida de lujo."
"Gli altri commessi viaggiatori vivono una vita nel lusso."
"Por la mañana transfiero los pedidos que he recibido."
"La mattina trasferisco gli ordini che ho ricevuto."
"Mientras tanto esos señores todavía están desayunando."
"Nel frattempo quei signori stanno ancora facendo colazione."
"Imagínese si intentara hacer eso con mi jefe".
"Immaginate se provassi a fare la stessa cosa con il mio capo."
"Me despediría antes de terminar mi desayuno."
"Mi licenziava prima ancora che finissi di fare colazione."
"Pero quizá eso tampoco sería lo peor."
"Ma forse non sarebbe nemmeno la cosa peggiore."
"El problema es que mis padres me están frenando".
"Il problema è che i miei genitori mi stanno frenando."
"Si no fuera por ellos ya habría dimitido."
"Se non fosse stato per loro mi sarei già dimesso."
"Me habría enfrentado al jefe y se lo habría dicho".
"Avrei affrontato il capo e gliel'avrei detto."
"Diría exactamente lo que pienso de él y del trabajo".
"Direi esattamente quello che penso di lui e del suo lavoro."
"¡Se caería del escritorio si le contara todo!"
"Se gli raccontassi tutto, cadrebbe dalla scrivania!"
"Es muy extraña la forma en que se sienta en su escritorio".
"È molto strano il modo in cui si siede sulla scrivania."
"La forma en que habla con sus subordinados no es correcta".
"Il modo in cui parla ai suoi subordinati non è corretto."
"Y lo peor es que su audición es muy pobre".
"E la cosa peggiore è che il suo udito è davvero scarso."
"Así que no te queda otra opción que sentarte muy cerca de él."
"Quindi non hai altra scelta che sederti molto vicino a lui."
Pero dicho todo esto, la esperanza no está completamente perdida todavía.
"Ma detto questo, la speranza non è ancora del tutto perduta."
"Ahorraré el dinero para pagar la deuda de mis padres".
"Risparmierò i soldi per saldare il debito dei miei genitori."

"No puedo hacer nada mientras todavía le deban dinero".
"Non posso fare nulla finché gli devono ancora dei soldi."
"Pero cuando la deuda esté pagada definitivamente lo haré."
"Ma quando il debito sarà pagato lo farò sicuramente."
"Probablemente tomará otros cinco o seis años."
"Probabilmente ci vorranno altri cinque o sei anni."
"Sí, entonces definitivamente se hará la gran separación".
"Sì, allora la grande separazione avverrà sicuramente."
"Por el momento, sin embargo, debo levantarme de la cama."
"Per il momento, però, devo alzarmi dal letto."
"Porque mi tren sale a las cinco en punto."
"Perché il mio treno parte alle cinque."
Gregor miró el despertador que sonaba sobre la mesa.
Gregor guardò la sveglia che ticchettava sul tavolo.
"¡Padre Celestial!" pensó al ver la hora.
"Padre Celeste!" pensò quando vide l'ora.
Las seis y media ya habían pasado silenciosamente.
Le sei e mezza erano già trascorse in silenzio.
Y las manecillas del reloj seguían avanzando.
E le lancette dell'orologio continuavano ad andare avanti.
Y ahora se acercaba la cuarta hora menos cuarto.
E ormai si avvicinavano le sette meno un quarto.
"¿Quizás la alarma no sonó para despertarme?", pensó.
"Forse la sveglia non era suonata per svegliarmi?" pensò.
Desde la cama Gregor inspeccionó el despertador.
Dal suo letto Gregor controllò la sveglia.
El despertador estaba programado exactamente para las cuatro.
La sveglia era impostata correttamente sulle quattro.
No podía explicarlo, pero la alarma debió haber sonado.
Non sapeva spiegarlo, ma l'allarme doveva essere suonato.
"¿Cómo pude dormirme a pesar de la alarma sin darme cuenta?"
"Come ho fatto a dormire nonostante la sveglia non me ne accorgessi?"
Cuando suena la alarma incluso sacude los muebles.
Quando suona, l'allarme fa tremare persino i mobili.

Sabía que su sueño no había sido para nada tranquilo.
Sapeva che il suo sonno non era stato affatto tranquillo.
Pero quizá por eso su sueño era mucho más profundo.
Ma forse era per questo che il suo sonno era molto più profondo.
Tenía que pensar qué debía hacer ahora.
Doveva pensare a cosa fare adesso.
El siguiente tren no salía hasta las siete.
Il treno successivo non partiva prima delle sette.
Coger ese tren sería casi imposible.
Prendere quel treno sarebbe quasi impossibile.
Y aún no había empacado los textiles que necesitaba.
E non aveva ancora messo in valigia i tessuti di cui aveva bisogno.
Tampoco se sentía especialmente fresco y ágil.
Non si sentiva nemmeno particolarmente fresco e agile.
Quizás había una posibilidad de subir al tren.
Forse c'era la possibilità di salire sul treno.
Pero de todas formas, un regaño por parte del jefe era inevitable.
Ma in ogni caso il rimprovero del capo era inevitabile.
El empleado habría subido al tren de las cinco.
L'impiegato sarebbe salito sul treno delle cinque.
El oficinista era una criatura sin carácter del jefe.
L'impiegato era una creatura senza spina dorsale del capo.
Así que la ausencia de Gregor ya habría sido informada.
Quindi l'assenza di Gregor sarebbe già stata segnalata.
"¿Qué pasa si llamo para avisar que estoy enfermo?" Gregor estaba pensando.
"E se mi dicessi malato?" stava riflettendo Gregor.
Pero eso sería extremadamente embarazoso y sospechoso.
Ma ciò sarebbe estremamente imbarazzante e sospetto.
Gregor nunca había estado enfermo durante el tiempo que trabajó allí.
Gregor non si era mai ammalato durante il periodo in cui lavorava lì.
Y ya les había dado cinco años de servicio.

E aveva già prestato loro servizio per cinque anni.

Lo más probable era que el jefe viniera a ver cómo estaba.

Probabilmente il capo sarebbe venuto a controllare come stava.

Probablemente traería al médico del seguro médico.

Probabilmente porterebbe con sé il medico dell'assicurazione sanitaria.

Y culparía a los padres por la pereza de su hijo.

E darebbe la colpa ai genitori per la pigrizia del figlio.

No podrían hacerle ninguna objeción.

Non avrebbero potuto sollevare alcuna obiezione nei suoi confronti.

Porque para él sólo había dos clases de trabajadores.

Perché per lui esistevano solo due tipi di lavoratori.

O bien los trabajadores estaban completamente sanos o bien eran reacios al trabajo.

O i lavoratori erano perfettamente sani o erano scansafatiche.

¿Y estaría equivocado en ese análisis básico?

E avrebbe forse torto in questa analisi di base?

Ciertamente, en este caso tenía un argumento sólido.

Certamente, in questo caso, aveva un argomento valido.

A pesar de su apariencia, Gregor en realidad se sentía bastante bien.

Nonostante il suo aspetto, Gregor in realtà si sentiva piuttosto bene.

El sueño innecesariamente largo lo dejó un poco somnoliento.

Il sonno lungo e inutile lo rese un po' assonnato.

Pero aparte de eso no podía quejarse de enfermedad.

Ma a parte questo non poteva lamentarsi di essere malato.

Incluso sintió un hambre especialmente fuerte y saludable.

Sentì addirittura una fame particolarmente forte e sana.

Mientras pensaba estos pensamientos el reloj volvió a sonar.

Mentre rifletteva su questi pensieri, l'orologio suonò di nuovo.

Según la alarma eran ya las siete menos cuarto.

Secondo l'allarme erano ormai le sette meno un quarto.

Y ahora también se oyó un suave golpe en la puerta.

E ora si udì anche un leggero bussare alla porta.
—Gregor —lo llamó alguien. Era la madre.
«Gregor», lo chiamò qualcuno: era la madre.
"Son las siete menos cuarto", confirmó la alarma.
«Sono le sette meno un quarto», confermò l'allarme.
¿No querías irte?, preguntó la suave voz.
"Non volevi andartene?" chiese la voce gentile.
Gregor se asustó cuando oyó su voz respondiendo.
Gregor si spaventò quando sentì la sua voce rispondere.
La voz seguía siendo la voz que siempre tuvo.
La voce era ancora la voce di sempre.
Pero ahora había un nuevo sonido mezclado en su voz.
Ma ora nella sua voce si udiva un nuovo suono.
Desde lo más profundo de él también salió un doloroso
chillido.
Dal profondo di lui provenne anche un cigolio doloroso.
Al principio su voz parecía formar palabras con claridad.
All'inizio la sua voce sembrò formare parole con chiarezza.
Pero entonces Gregor escuchó el eco mental de su voz.
Ma poi Gregor sentì l'eco mentale della sua voce.
La grabación de su voz se interrumpió de una manera
extraña.
La registrazione della sua voce si interruppe in modo strano.
Y no estaba seguro de si había escuchado las cosas
correctamente.
E non era sicuro di aver sentito bene.
Gregor sintió un profundo deseo de dar una respuesta
detallada.
Gregor sentì un profondo desiderio di dare una risposta
dettagliata.
Quería explicarle todo claramente a su madre.
Voleva spiegare tutto chiaramente a sua madre.
Pero, dadas las circunstancias, tuvo que limitarse.
Ma, date le circostanze, dovette limitarsi.
Y respondió mucho más breve de lo que le hubiera gustado.
E lui rispose in modo molto più breve di quanto avrebbe
voluto.

-Sí madre, no te preocupes, gracias, ya estoy levantado.

"Sì mamma, non preoccuparti, grazie, sono già sveglio."

La puerta de madera probablemente ayudó a amortiguar su voz.

Probabilmente la porta di legno contribuiva a soffocare la sua voce.

Desde fuera el cambio en la voz de Gregor pasó desapercibido.

All'esterno il cambiamento nella voce di Gregor passò inosservato.

La madre pareció estar satisfecha con su explicación.

La madre sembrò soddisfatta della sua spiegazione.

Y ella se fue de nuevo tan silenciosamente como había llegado.

E se ne andò di nuovo silenziosamente come era venuta.

Pero la pequeña conversación tuvo un efecto no deseado.

Ma quella breve conversazione ebbe un effetto indesiderato.

Llamó la atención de los demás miembros de la familia.

Catturò l'attenzione degli altri membri della famiglia.

Gregor todavía estaba en casa y no había ido a trabajar.

Gregor era ancora a casa e non era andato al lavoro.

Y ahora el padre también llamó a la puerta lateral.

E ora anche il padre bussò alla porta laterale.

Golpeó débilmente, pero decidido, con el puño.

Bussò debolmente, ma con determinazione, con il pugno.

—Gregor, Gregor —gritó—, ¿cuál es el problema?

"Gregor, Gregor," chiamò, "qual è il problema?"

Al cabo de un rato volvió a advertir con voz más grave.

Dopo un po' lo avvertì di nuovo con voce più profonda.

Pero ahora la hermana llamó a la puerta del otro lado.

Ma all'altra porta bussò la sorella.

"¿Gregor? ¿No te encuentras bien?", preguntó en voz baja.

«Gregor? Non stai bene?» chiese a bassa voce.

"¿Necesitas algo?" preguntó preocupada.

"Hai bisogno di qualcosa?" chiese preoccupata.

Gregor respondió a ambas partes: "Ya he terminado".

Gregor rispose a entrambe le parti: "Ho già finito."

Había hecho todo lo posible para pronunciar todas las palabras con cuidado.

Aveva fatto del suo meglio per pronunciare attentamente tutte le parole.

Y eliminó todo lo que era llamativo en su voz.

E cancellò tutto ciò che era evidente nella sua voce.

El padre también parecía satisfecho con la respuesta.

Anche il padre sembrava soddisfatto della risposta.

Y regresó a su desayuno inacabado.

E tornò alla sua colazione incompiuta.

Pero la hermana susurró: "Gregor, ábreme, te lo ruego".

Ma la sorella sussurrò: «Gregor, apriti, ti prego».

Pero su preocupación por él no podía conmoverlo de ninguna manera.

Ma la sua preoccupazione per lui non riusciva a commuoverlo in alcun modo.

Gregor no tenía intención de abrirle la puerta.

Gregor non aveva alcuna intenzione di aprirle la porta.

Había adquirido algunos hábitos de cautela al viajar.

Viaggiando aveva acquisito alcune abitudini prudenti.

Y se alababa a sí mismo por haber cerrado las puertas.

E si lodò per aver chiuso le porte.

Primero quiso levantarse tranquilamente y a su propio ritmo.

Per prima cosa voleva alzarsi in silenzio, con calma.

Y sin que nadie le molestara quiso vestirse.

E, senza essere disturbato, volle vestirsi.

Una vez logrado esto, quiso entonces desayunar.

Fatto questo, volle fare colazione.

Sólo entonces quiso reflexionar más sobre la situación.

Solo allora volle valutare ulteriormente la situazione.

Sabía que no tenía sentido hacer planes en la cama.

Sapeva che non serviva a niente fare progetti a letto.

Sería imposible llegar a una conclusión sensata.

Giungere a una conclusione sensata sarebbe impossibile.

Había habido otras ocasiones en las que se despertó con dolores leves.

Altre volte si era svegliato con lievi dolori.
Estos dolores siempre resultaban ser pura imaginación.
Questi dolori si rivelavano sempre pura immaginazione.
**Al levantarme de la cama el dolor invariablemente
desaparecía.**
Quando mi alzavo dal letto il dolore invariabilmente svaniva.
Tenía curiosidad por ver qué pasaría con esas ideas.
Era curioso di vedere cosa sarebbe successo a queste idee.
**El cambio en su voz probablemente se debió sólo a un
resfriado.**
Il cambiamento nella sua voce era probabilmente dovuto a un
raffreddore.
**Los resfriados son simplemente un riesgo laboral para los
viajeros.**
Per i viaggiatori il raffreddore è solo un rischio professionale.
No tenía ninguna duda de que ésa era la explicación lógica.
Non aveva dubbi che quella fosse la spiegazione logica.
Logró quitarse la manta de encima con facilidad.
Togliersi la coperta di dosso fu un'impresa facile.
Lo único que tenía que hacer era inhalar e inflarse.
Tutto quello che doveva fare era inspirare e gonfiarsi.
La manta se deslizó de su cuerpo y cayó al suelo.
La coperta gli scivolò via dal corpo e cadde sul pavimento.
Su cuerpo increíblemente ancho dificultaba otras cosas.
Il suo corpo incredibilmente largo rendeva difficili altre cose.
Habría necesitado brazos y manos para ponerse de pie.
Per stare in piedi avrebbe avuto bisogno di braccia e mani.
Pero ya no tenía las extremidades que solía tener.
Ma non aveva più gli arti di una volta.
En lugar de brazos y manos tenía muchas piernas pequeñas.
Invece di braccia e mani aveva tante piccole gambe.
Y sus piernas se movían constantemente, sin su control.
E le sue gambe si muovevano costantemente, senza il suo
controllo.
Intentó doblar una pierna, pero en lugar de eso se estiró.
Cercò di piegare una gamba, ma questa si allungò.
Finalmente logró controlar una pierna.

Alla fine riuscì a riprendere il controllo di una gamba.

Pero luego se liberó el movimiento de las otras piernas.

Ma poi il movimento delle altre gambe venne liberato.

Y todas sus piernas se crisparon de extrema excitación.

E tutte le sue gambe si contrassero per l'eccitazione estrema.

Primero quería sacar la parte inferior de su cuerpo de la cama.

Per prima cosa voleva tirare fuori la parte inferiore del corpo dal letto.

Pero en realidad aún no había visto la parte inferior de su cuerpo.

Ma in realtà non aveva ancora visto la parte inferiore del suo corpo.

Y, de todas formas, resultó demasiado difícil mover esta pieza.

E comunque spostare questa parte si è rivelato troppo difficile.

Finalmente, con todas sus fuerzas, realizó un movimiento salvaje.

Alla fine, con tutte le sue forze, fece una mossa azzardata.

Sin más vacilación, avanzó.

Senza ulteriori esitazioni si mosse in avanti.

Pero había elegido la dirección equivocada.

Ma aveva scelto la direzione sbagliata.

Golpeó violentamente su cuerpo contra el poste inferior de la cama.

Sbatté violentemente il corpo contro il montante inferiore del letto.

El dolor ardiente que sintió le enseñó una valiosa lección.

Il dolore bruciante che provò gli insegnò una lezione preziosa.

La parte inferior de su cuerpo era quizás más sensible.

La parte inferiore del suo corpo era forse più sensibile.

Entonces intentó sacar primero la parte superior del cuerpo de la cama.

Così cercò di alzare prima la parte superiore del corpo dal letto.

Giró cuidadosamente la cabeza en la dirección correcta.

Girò attentamente la testa nella direzione corretta.

Y pronto su cabeza estaba mirando hacia el borde de la cama.

E presto la sua testa si ritrovò rivolta verso il bordo del letto.

Este movimiento cauteloso en realidad fue fácil para él.

In realtà, per lui questo movimento cauto fu facile.

Y su anchura y peso no detuvieron su movimiento.

E la sua ampiezza e il suo peso non ne impedivano il movimento.

La masa de su cuerpo siguió lentamente el giro de la cabeza.

La massa del suo corpo seguiva lentamente la rotazione della testa.

Pero luego sostuvo su cabeza sobre el borde de la cama.

Ma poi tenne la testa fuori dal bordo del letto.

Y se enfrentó a un nuevo miedo en el que aún no había pensado.

E si trovò ad affrontare una nuova paura a cui non aveva ancora pensato.

Avanzar más por este camino podría ser peligroso.

Procedere ulteriormente in questo modo potrebbe rivelarsi pericoloso.

Había pensado que simplemente se dejaría caer.

Aveva pensato che si sarebbe lasciato semplicemente cadere.

Pero sería un milagro si no se lesionara la cabeza.

Ma sarebbe un miracolo se non si fosse ferito alla testa.

Ahora no era el momento de arriesgarse a perder el conocimiento.

Non era il momento di rischiare di perdere i sensi.

Quizás sería mejor quedarse en la cama después de todo.

Forse sarebbe meglio restare a letto, dopotutto.

Pero luego tuvo que hacer el mismo esfuerzo para regresar.

Ma poi dovette fare lo stesso sforzo per tornare indietro.

Después de todo ese esfuerzo él estaba tendido allí igual que antes.

Dopo tutto quello sforzo era disteso lì, esattamente come prima.

Y ahora sus piernas parecían incluso más enojadas que antes.

E ora le sue gambe sembravano ancora più arrabbiate di prima.

Los movimientos de sus piernas se habían vuelto aún más incontrolables.

I movimenti delle sue gambe erano diventati ancora più incontrollabili.

No veía manera de salir de la situación en la que se encontraba.

Non vedeva alcun modo per uscire dalla situazione in cui si trovava.

De este caos no fue posible sacar la paz ni el orden.

Da questo caos non si poteva trarre pace e ordine.

Pero sabía que quedarse en la cama tampoco era una opción.

Ma sapeva che nemmeno restare a letto era un'opzione.

Sacrificarlo todo era la opción más sensata.

Sacrificare tutto era la scelta più sensata.

Se aferró a la más mínima esperanza de levantarse de la cama.

Si aggrappava alla minima speranza di riuscire ad alzarsi dal letto.

Si lo hubiera conseguido, todo riesgo habría valido la pena.

Se ci fosse riuscito, ogni rischio sarebbe valso la pena.

Pero al mismo tiempo también recordó algo más.

Ma nello stesso momento si ricordò anche di qualcos'altro.

"Mejores que decisiones desesperadas son reflexiones tranquilas."

"Meglio delle decisioni disperate sono le riflessioni calme."

Con todo su esfuerzo centró su mirada en la ventana.

Con tutti i suoi sforzi concentrò lo sguardo sulla finestra.

Pero lo que vio le trajo poca confianza y alegría.

Ma ciò che vide gli suscitò poca fiducia e allegria.

La niebla de la mañana cubría toda la estrecha calle.

La nebbia mattutina copriva tutta la stretta strada.

El despertador volvió a sonar; ahora eran las siete.

La sveglia suonò di nuovo: erano le sette.

"Ya son las siete y todavía hay mucha niebla."

"Sono già le sette e c'è ancora tanta nebbia."

Durante un rato permaneció en silencio, respirando débilmente.
Per un po' rimase immobile, respirando solo debolmente.
Quizás un poco de quietud traería algo de normalidad.
Forse un po' di calma potrebbe portare un po' di normalità.
Un silencio absoluto podría provocar las condiciones reales.
Il silenzio assoluto potrebbe determinare le condizioni reali.
Pero antes de que el reloj volviera a sonar, rompió el silencio.
Ma prima che l'orologio battesse di nuovo, ruppe il silenzio.
"Antes de que el reloj vuelva a sonar, debo levantarme de la cama."
"Prima che scocchi di nuovo, devo alzarmi dal letto."
"Para entonces tengo que estar totalmente fuera de la cama."
"A quell'ora dovrò assolutamente essere completamente fuori dal letto."
"Después de las siete y cuarto la oficina enviará a alguien."
"Dopo le sette e un quarto l'ufficio manderà qualcuno."
"Porque la oficina abrió antes de las siete."
"Perché l'ufficio ha aperto prima delle sette."
Y ahora empezó a balancear su cuerpo fuera de la cama.
E cominciò a dondolarsi fuori dal letto.
Había abandonado el centrarse en la parte superior o inferior de su cuerpo.
Aveva smesso di concentrarsi sulla parte superiore o inferiore del corpo.
Todo el largo de su cuerpo tuvo que salir de la cama.
Tutto il suo corpo dovette uscire dal letto.
Caer de esa manera debería proteger su cabeza, pensó.
Pensò che cadere in quel modo avrebbe dovuto proteggere la sua testa.
Había planeado levantar la cabeza cuando cayera al suelo.
Aveva programmato di sollevare la testa quando fosse caduto a terra.
La parte posterior de su cuerpo parecía lo suficientemente dura para el impacto.

La parte posteriore del suo corpo sembrava abbastanza dura da sopportare l'impatto.

Y la alfombra estaba allí para suavizar el aterrizaje.

E il tappeto serviva ad ammorbidire l'atterraggio.

Sin embargo, su mayor preocupación era el fuerte ruido.

La sua preoccupazione maggiore, tuttavia, era il forte rumore.

El ruido estrepitoso asustaría a todos en la casa.

Il rumore di un tonfo spaventerebbe tutti in casa.

Quizás no les daría miedo el ruido fuerte.

Forse non sarebbero terrorizzati dal rumore forte.

Pero seguramente se preocuparían si oyeran eso.

Ma se lo avessero saputo, si sarebbero sicuramente preoccupati.

Pero había que correr el riesgo de llamar la atención.

Ma bisognava correre il rischio di attirare l'attenzione.

El nuevo método era más un juego que un esfuerzo.

Il nuovo metodo era più un gioco che uno sforzo.

Tuvo que balancear su cuerpo con movimientos bruscos y espasmódicos.

Doveva dondolare il corpo con movimenti bruschi e bruschi.

Gregor ya estaba medio levantado de la cama.

Gregor si era già alzato a metà dal letto.

Ahora se le ocurrió una idea nueva.

Ora gli era appena venuto in mente un nuovo pensiero.

"Todo sería tan fácil si alguien viniera en mi ayuda."

"Sarebbe tutto così facile se qualcuno venisse in mio aiuto."

"Dos personas fuertes serían suficientes."

"Due persone forti sarebbero più che sufficienti."

Su padre y la criada serían lo suficientemente fuertes.

Suo padre e la cameriera sarebbero stati abbastanza forti.

Sólo tendrían que deslizar los brazos bajo su espalda.

Basterebbe fargli scivolare le braccia sotto la schiena.

Y luego pudieron sacarlo fácilmente de la cama.

E poi potrebbero facilmente tirarlo fuori dal letto.

Quizás habrían tenido que bajarle el peso poco a poco.

Forse avrebbero dovuto ridurre gradualmente il suo peso.

Ojalá entonces las piernas hubieran encontrado su propósito.

Speriamo che allora le gambe abbiano trovato il loro scopo.

¿No sería mejor después de todo pedir ayuda?

"Non sarebbe meglio chiamare aiuto?"

El problema, por supuesto, era que había cerrado las puertas.

Il problema era ovviamente che aveva chiuso le porte.

Había algo en ese pensamiento que le hacía cosquillas.

C'era qualcosa in quel pensiero che lo solleticava.

Y a pesar de sus dificultades, no pudo evitar esbozar una sonrisa.

E nonostante le difficoltà, non riuscì a trattenere un sorriso.

Ya estaba cerca de perder el equilibrio.

Ormai stava quasi per perdere l'equilibrio.

Cada movimiento lo acercaba más a caerse de la cama.

Ogni oscillazione lo portava sempre più vicino a cadere dal letto.

Pronto tendría que tomar la decisión final.

Presto avrebbe dovuto prendere la decisione finale.

En cinco minutos serían las siete y cuarto.

Tra cinque minuti sarebbero state le sette e un quarto.

Mientras pensaba estos pensamientos, sonó el timbre.

Mentre rifletteva su questi pensieri, suonò il campanello.

"Es alguien de la oficina", se dijo.

"È qualcuno dell'ufficio", disse tra sé e sé.

Y casi se quedó paralizado de miedo ante la visita.

E quasi si bloccò per la paura a causa del visitatore.

Sus piernas bailaron aún más salvajemente que antes.

Le sue gambe danzavano ancora più selvaggiamente di prima.

Pero luego, por un momento, todo quedó en silencio.

Ma poi, per un attimo, tutto rimase silenzioso.

"No abrirán la puerta", se dijo Gregor.

"Non apriranno la porta", disse tra sé Gregor.

Todavía estaba atrapado en una esperanza sin sentido.

Era ancora intrappolato in una speranza insensata.

Pero luego, por supuesto, la criada se dirigió a la puerta.

Ma poi, naturalmente, la cameriera si diresse verso la porta.

Y como siempre, le abrió la puerta al visitante.

E, come sempre, aprì la porta al visitatore.

A Gregor le bastó con oír el primer saludo del visitante.

A Gregor bastò sentire il primo saluto del visitatore.

Pudo saber inmediatamente quién había venido a buscarlo.

Capì subito chi era venuto a prenderlo.

El propio jefe de oficina había venido a ver cómo estaba Samsa.

Il capo ufficio in persona era venuto a controllare Samsa.

¿Por qué Gregor fue el único condenado a este destino?

Perché Gregor fu l'unico condannato a questo destino?

¿Por qué sólo él tuvo que servir en tal organización?

Perché solo lui doveva prestare servizio in un'organizzazione del genere?

El más mínimo descuido despertaba inmediatamente sospechas.

La minima svista suscitava subito sospetti.

¿Todos los empleados que trabajaban allí eran unos sinvergüenzas?

Tutti i dipendenti che lavoravano lì erano dei mascalzoni?

¿No había entre ellos ninguna persona fiel y devota?

Non c'era tra loro nessuna persona fedele e devota?

¿No podrían haber enviado simplemente un aprendiz?

Non potevano semplicemente mandare un apprendista?

¿Era realmente necesario todo este cuestionamiento?

Erano davvero necessari tutti questi interrogativi?

¿El representante autorizado tenía que venir personalmente?

Il rappresentante autorizzato doveva venire personalmente?

¿Había que informar a toda la familia inocente?

Era necessario che tutta la famiglia innocente ne fosse informata?

Todas estas consideraciones impulsaron a Gregor a actuar.

Tutte queste considerazioni spinsero Gregor ad agire.

Se levantó de la cama con todas sus fuerzas.

Si alzò dal letto con tutte le sue forze.

Se escuchó un fuerte estallido, pero no era realmente un ruido.

Ci fu un forte botto, ma non era un vero rumore.

La caída había sido ligeramente suavizada por la alfombra.

La caduta era stata leggermente attutita dal tappeto.

Su espalda era más elástica de lo que Gregor había pensado.

La sua schiena era più elastica di quanto Gregor avesse pensato.

Así que el sonido era más apagado y no tan perceptible.

Quindi il suono era più sordo e non così evidente.

Pero no había cuidado su cabeza durante la caída.

Ma non si era preso cura della sua testa durante la caduta.

Y cuando golpeó el suelo también se golpeó la cabeza.

E quando toccò terra sbatté anche la testa.

Se frotó la cabeza contra la alfombra con rabia y dolor.

Si strofinò la testa sul tappeto, pieno di rabbia e dolore.

Pero el gerente de la habitación de al lado escuchó el ruido.

Ma il direttore nella stanza accanto sentì il rumore.

"Algo cayó allí", observó correctamente.

"Qualcosa è caduto lì dentro", osservò correttamente.

Gregor intentó imaginarse al gerente en su situación.

Gregor cercò di immaginare il direttore nella sua situazione.

"¿Podría pasarle lo mismo a él?" se preguntó.

"Potrebbe succedere anche a lui?" si chiese.

Aceptó que este extraño acontecimiento pudiera ser posible.

Accettò che questo strano evento potesse essere possibile.

Y entonces el jefe de oficina dio unos pasos hacia la habitación.

Poi il capo impiegato fece qualche passo verso la stanza.

Fue casi una respuesta burda a la pregunta que hizo.

Era quasi una risposta rozza alla domanda che aveva posto.

Sus botas de cuero crujieron cuando se acercó a la puerta.

I suoi stivali di pelle scricchiolarono mentre si avvicinava alla porta.

Desde la habitación de su derecha su criada le susurró:

Dalla stanza alla sua destra la cameriera gli sussurrò qualcosa.

Gregor, el representante autorizado está aquí.

"Gregor, il rappresentante autorizzato è qui."

—Lo sé —dijo Gregor, pero sólo en voz baja, para sí mismo.

"Lo so", disse Gregor, ma solo a bassa voce, tra sé e sé.

No se atrevió a levantar la voz por encima de un susurro.

Non osava alzare la voce più di un sussurro.

Porque Gregor no quería que su hermana lo oyera.

Perché Gregor non voleva che sua sorella lo sentisse.

—Gregor —dijo el padre desde la habitación de la izquierda.

«Gregor», disse il padre dalla stanza a sinistra.

"El gerente ha venido a comprobar cuál es el problema".

"Il direttore è venuto a controllare qual è il problema."

"Él te preguntó por qué no saliste en el tren temprano."

"Ti ha chiesto perché non sei partito con il primo treno."

"No sabemos qué decirle", dijo el padre.

"Non sappiamo cosa dirgli", ha detto il padre.

"Por cierto, también quiere hablar contigo personalmente."

"A proposito, vuole anche parlarti personalmente."

"Por favor, abre la puerta para que pueda hablar contigo."

"Per favore, apri la porta, così può parlare con te."

**"Tendrá la amabilidad de disculpar el desorden en la
habitación".**

"Sarà così gentile da scusare il disordine nella stanza."

"Buenos días, señor Samsa", le saludó el gerente.

«Buongiorno, signor Samsa», lo chiamò il direttore.

Y ciertamente le habló de manera amistosa.

E certamente gli parlò in modo amichevole.

"No está bien", le dijo la madre al gerente.

"Non sta bene", disse la madre al direttore.

"No se encuentra bien en absoluto, créame, querido gerente."

"Non sta affatto bene, mi creda, caro direttore."

¿Por qué si no, Gregor perdería el tren de la mañana?

"Altrimenti perché Gregor avrebbe perso il treno del mattino?"

"El chico no tiene nada en la cabeza excepto el negocio."

"Il ragazzo non ha altro a cui pensare se non agli affari."

"Casi me molesta que no haga nada más".

"Mi dà quasi fastidio che non faccia altro."

"Me gustaría que saliera por las noches a tomar aire fresco".

"Vorrei che uscisse la sera per prendere una boccata d'aria
fresca."

"Estuvo en la ciudad ocho días por negocios."
"È rimasto in città per otto giorni per lavoro."
"Pero él estaba en casa todas esas noches"
"Ma poi lui era a casa ogni sera"
"Se sienta en nuestra mesa y lee el periódico".
"Si siede al nostro tavolo e legge il giornale."
"En otras ocasiones, estudia los horarios de los trenes."
"Altre volte studia gli orari dei treni."
"A veces se mantiene ocupado con la carpintería".
"A volte si tiene impegnato con la falegnameria."
"Por ejemplo, talló un pequeño marco de madera para cuadros".
"Ad esempio, ha intagliato una piccola cornice di legno."
"Estuvo ocupado con la sierra durante dos o tres tardes".
"Per due o tre sere rimase impegnato con la sega."
"Te sorprenderá lo bonito que es el marco de fotos".
"Resterete stupiti dalla bellezza della cornice."
"Ha colgado el marco de fotos en su habitación."
"Ha appeso la cornice nella sua stanza."
"Cuando abra la puerta veréis su carpintería."
"Quando aprirà la porta vedrai i suoi lavori in legno."
"Por cierto, me alegro de que esté aquí, señor Prokurist".
"A proposito, sono contento che lei sia qui, signor Prokurist."
"Solos no habríamos podido lograr que Gregor abriera la puerta."
"Non avremmo potuto convincere Gregor ad aprire la porta da soli."
"Es muy terco", le confesó su madre al empleado.
"È così testardo", confessò sua madre all'impiegato.
"Ciertamente está enfermo, aunque antes lo negó".
"Sicuramente non sta bene, anche se prima lo aveva negato."
"Estaré allí enseguida", dijo Gregor lentamente y con cuidado.
«Arrivo subito», disse Gregor lentamente e con cautela.
Pero no hizo ningún movimiento hacia la puerta de la habitación.
Ma non fece alcun movimento verso la porta della stanza.

No quería perderse ni una palabra de la conversación.
Non voleva perdere una parola della conversazione.
El secretario jefe estuvo de acuerdo con la evaluación de la madre.
Il capo impiegato concordò con la valutazione della madre.
-Tampoco puedo explicarlo de otra manera, señora.
"Non posso spiegarlo in nessun altro modo, signora."
"Esperemos que no tenga ninguna enfermedad grave", dijo.
"Speriamo tutti che non abbia malattie gravi", ha detto.
"Por otro lado, es un peligro en nuestra industria".
"D'altro canto, nel nostro settore rappresenta un rischio."
"Nosotros, los empresarios, a menudo tenemos que superar el malestar."
"Noi imprenditori dobbiamo spesso superare il disagio."
"Los profesionales simplemente tienen que aguantar los dolores leves".
"I professionisti devono solo superare i piccoli dolori."
Mientras tanto su padre volvió a llamar a la otra puerta.
Nel frattempo suo padre bussò di nuovo all'altra porta.
"¿Puede entrar ahora el jefe de oficina?" quiso saber.
"Il capo impiegato può entrare adesso?" voleva sapere.
"No, no puede", respondió Gregor a la pregunta de su padre.
«No, non può», rispose Gregor alla domanda del padre.
Un silencio incómodo cayó en la habitación de la izquierda.
Un silenzio imbarazzato calò nella stanza a sinistra.
En la habitación de la derecha la hermana comenzó a sollozar.
Nella stanza di destra la sorella cominciò a singhiozzare.
¿Por qué la hermana no se había ido a estar con los demás?
Perché la sorella non era andata a stare con gli altri?
Probablemente acababa de levantarse de la cama, pensó.
Probabilmente si era appena alzata dal letto, pensò.
Es posible que ni siquiera haya empezado a vestirse todavía.
Forse non aveva ancora iniziato a vestirsi.
Pero Gregor no podía entender por qué ella lloraba.
Ma Gregor non riusciva a capire perché piangesse.
¿Fue porque no se levantó y dejó entrar al gerente?

Forse perché non si è alzato e non ha fatto entrare il direttore?
¿Fue porque estaba en peligro de perder su trabajo?
Era forse perché rischiava di perdere il lavoro?
¿Podría el jefe venir a buscar a los padres como antes?
Il capo potrebbe se la prenderà con i genitori come prima?
¿Iba a volver a hacerles las mismas exigencias de siempre?
Avrebbe ripresentato loro le vecchie richieste?
Estas cosas probablemente no hacían que hubiera que preocuparse.
Probabilmente non c'era motivo di preoccuparsi di queste cose.
Por el momento no tenía motivos para llorar.
Per il momento non aveva motivo di piangere.
Gregor todavía estaba allí, manteniendo a la familia.
Gregor era ancora lì, a provvedere alla famiglia.
Y nunca tuvo intención de abandonar a la familia.
E non ha mai avuto alcuna intenzione di lasciare la famiglia.
Por el momento, simplemente permaneció tendido sobre la alfombra.
Per il momento rimase semplicemente sdraiato sul tappeto.
La familia desconocía la condición en la que se encontraba.
La famiglia non era a conoscenza delle sue condizioni.
Si lo hubieran sabido no habrían animado a su jefe.
Se lo avessero saputo non avrebbero incoraggiato il suo capo.
Ni siquiera habrían dejado entrar al gerente a la casa.
Non avrebbero nemmeno lasciato entrare il direttore in casa.
No habría sido particularmente grosero rechazarlo.
Mandarlo via non sarebbe stato particolarmente maleducato.
Fácilmente podría haber encontrado una excusa adecuada más tarde.
Avrebbe potuto facilmente trovare una scusa adatta più tardi.
No era algo por lo que lo hubieran podido despedir.
Non era qualcosa per cui avrebbe potuto essere licenziato.
Gregor pensó que ahora sería más sensato que lo dejaran solo.
Gregor pensò che sarebbe stato più sensato ora essere lasciato solo.

Molestarlo con llantos y conversaciones no sirvió de mucho.
Disturbarlo con il pianto e le chiacchiere non ottenne alcun risultato.
Pero fue la incertidumbre lo que molestó a los demás.
Ma era l'incertezza a turbare gli altri.
Y fue esta incertidumbre la que justificó su comportamiento.
Ed era proprio questa incertezza a giustificare il loro comportamento.
—¡Señor Samsa! —gritó el gerente en voz alta.
«Signor Samsa», chiamò il direttore a voce alta.
"¿Qué te pasa?" quiso saber.
"Cosa ti succede?" volle sapere.
"Te has atrincherado en tu habitación."
"Ti sei barricato nella tua stanza."
"Solo puedes responder con un 'sí' o un 'no'."
"Rispondi solo con un 'sì' o con un 'no'."
"Estás causando serias preocupaciones a tus padres."
"Stai causando seri problemi ai tuoi genitori."
"No veo ninguna buena razón para preocuparlos".
"Non vedo una buona ragione per cui dovresti preoccuparli."
"Hay otra cosa más que mencionaré de paso."
"C'è un'altra cosa che vorrei menzionare di sfuggita."
"También estás descuidando tus obligaciones comerciales hacia nosotros".
"Stai anche trascurando i tuoi doveri commerciali nei nostri confronti."
"Esa irresponsabilidad está totalmente fuera de tu carácter".
"Una simile irresponsabilità è del tutto fuori dal tuo carattere."
"Hablo aquí en nombre de tus padres y de tu jefe".
"Parlo qui a nome dei tuoi genitori e del tuo capo."
"Y os pido una explicación inmediata y clara."
"E vi chiedo una spiegazione immediata e chiara."
"Todo esto realmente me sorprende, debo decir".
"Devo dire che tutta questa faccenda mi stupisce davvero."
"Pensé que te conocía como una persona tranquila y razonable."

"Pensavo di conoscerti come una persona calma e
ragionevole."
"Pero ahora nos estás mostrando un lado diferente de ti".
"Ma ora ci stai mostrando un lato diverso di te."
"De repente estás mostrando tus caprichos tan peculiares."
"All'improvviso stai mostrando i tuoi capricci davvero
particolari."
"Pero podría haber una explicación para tu fracaso".
"Ma potrebbe esserci una spiegazione per il tuo fallimento."
**"El jefe mencionó una deuda que usted había cobrado para
nosotros."**
"Il capo ha menzionato un debito che hai riscosso per noi."
"Le di al jefe mi palabra de honor en tu nombre".
"Ho dato la mia parola d'onore al capo da parte tua."
"Pero ahora veo tu incomprensible terquedad."
"Ma ora vedo la tua incomprensibile testardaggine."
"Aún podría perder todo mi deseo de ayudarte."
"Potrei ancora perdere del tutto la voglia di aiutarti."
"Su seguridad laboral no es en absoluto totalmente estable".
"La sicurezza del tuo posto di lavoro non è affatto del tutto
stabile."
**"Originalmente tenía la intención de contarte todo esto en
privado".**
"Inizialmente avevo intenzione di raccontarti tutto questo in
privato."
"Pero ahora veo que quieres que pierda mi tiempo aquí".
"Ma ora vedo che vuoi che io perda tempo qui."
**"Así que no veo ninguna razón por la que tus padres no
deberían saberlo."**
"Quindi non vedo perché i tuoi genitori non dovrebbero
saperlo."
"Su desempeño reciente no ha sido satisfactorio."
"La tua recente prestazione non è stata soddisfacente."
**"Reconozco que las ventas son más lentas en esta época del
año".**
"Ammetto che le vendite sono più lente in questo periodo
dell'anno."

"Pero no hay época del año en que no haya ventas".

"Ma non c'è periodo dell'anno in cui non si facciano vendite."

Por un momento Gregor olvidó todo lo que le rodeaba.

Per un attimo Gregor dimentica tutto ciò che lo circonda.

—¡Pero señor Prokurist! —gritó Gregor desesperado.

«Ma signor Prokurist!», gridò Gregor disperato.

"Abriré la puerta enseguida, ahora mismo, no te preocupes."

"Apro subito la porta, non preoccuparti."

"El problema es que me he estado sintiendo bastante mal."

"Il problema è che non mi sono sentito molto bene."

"Mi mareo me impidió llegar a la puerta."

"Le vertigini mi hanno impedito di arrivare alla porta."

"Todavía estoy en cama, pero me siento mucho mejor."

"Sono ancora a letto, ma mi sento molto meglio."

"Un momento por favor, me estoy levantando de la cama."

"Un attimo, per favore, sto giusto scendendo dal letto."

"Un momento de paciencia es todo lo que pido, señor Prokurist."

"Le chiedo solo un attimo di pazienza, signor Prokurist."

"No va tan bien como pensaba, pero estaré bien".

"Non sta andando come pensavo, ma starò bene."

"¿Cómo puede sucederle algo así a una persona tan rápidamente?"

"Come può una cosa del genere accadere a una persona così in fretta?"

"Me sentí bien anoche, mis padres lo saben."

"Ieri sera mi sentivo bene, i miei genitori lo sanno."

"Pero quizá ya tuve una pequeña premonición entonces."

"Ma forse avevo già avuto una piccola premonizione allora."

"Quizás te preguntes por qué no lo reporté en la oficina".

"Potresti chiederti perché non l'ho segnalato in ufficio."

"Pensé que me sentiría mucho mejor por la mañana".

"Pensavo che mi sarei sentito molto meglio domattina."

"Uno siempre piensa que para entonces ya habrá superado la enfermedad."

"Si pensa sempre che a quel punto la malattia sarà superata."

"¡Pero por favor! ¡Libera a mis padres de estas acusaciones!"

"Ma per favore! Risparmiate queste accuse ai miei genitori!"
"No me han dicho ni una palabra de lo que me contaste."
"Non mi è stata detta una parola di quello che mi hai detto."
"Puede que no hayas leído las últimas órdenes que envié".
"Potresti non aver letto gli ultimi ordini che ho inviato."
"Por cierto, no tienes que preocuparte por mí hoy."
"A proposito, oggi non devi preoccuparti per me."
"Aun así voy a tomar el tren de las ocho."
"Prenderò comunque il treno delle otto."
"Las pocas horas de descanso me han fortalecido bastante".
"Le poche ore di riposo mi hanno dato abbastanza forza."
"Realmente no hay necesidad de esperar, gerente."
"Non c'è davvero bisogno che tu aspetti, direttore."
"Yo también estaré en la oficina muy pronto."
"Anch'io sarò in ufficio molto presto."
"Y por favor, ten la amabilidad de decirme algo bueno".
"E per favore, sii così gentile da mettere una buona parola per
me."
**Gregor había pronunciado su explicación con bastante
precipitación.**
Gregor aveva pronunciato la sua spiegazione piuttosto
frettolosamente.
Apenas sabía lo que realmente estaba tratando de decir.
Non sapeva bene cosa stesse realmente cercando di dire.
Se acercó a la caja y trató de usarla para ponerse de pie.
Andò verso la scatola e cercò di usarla per alzarsi.
Realmente tenía toda la intención de abrir la puerta.
Aveva davvero tutta l'intenzione di aprire la porta.
Quería ser visto por el representante autorizado.
Voleva essere visto dal rappresentante autorizzato.
Y quería resolver el problema con él personalmente.
E voleva risolvere il problema personalmente con lui.
**Estaba ansioso por saber cómo reaccionarían los demás ante
él.**
Era ansioso di sapere come avrebbero reagito gli altri nei suoi
confronti.
Ya deben estar ansiosos por ver cómo está.

A questo punto saranno sicuramente ansiosi di vedere come sta.

Había dos formas posibles en las que podían reaccionar ante él.

C'erano due possibili modi in cui avrebbero potuto reagire a lui.

Una posibilidad era que estuvieran asustados.

Una possibilità era che si spaventassero.

Si estaban asustados entonces él no tenía ninguna responsabilidad.

Se erano spaventati, allora non aveva alcuna responsabilità.

Y entonces no tendría que preocuparse por la situación.

E allora non avrebbe dovuto preoccuparsi della situazione.

Pero también había otra posibilidad en la que pensar.

Ma c'era anche un'altra possibilità a cui pensare.

Quizás aceptarían con calma su forma de ser.

Forse avrebbero accettato con calma il suo modo di essere.

Entonces Gregor tampoco tendría motivos para enojarse.

Allora anche Gregor non avrebbe più motivo di arrabbiarsi.

Todavía habría tiempo suficiente para coger el tren.

Ci sarebbe ancora abbastanza tempo per prendere il treno.

Sin embargo, mantenerse en pie no fue una tarea fácil.

Tuttavia, stare in piedi non era affatto un compito facile.

En sus primeros intentos se resbaló de la caja.

Nei suoi primi tentativi scivolò fuori dalla scatola.

La caja era demasiado lisa para que él pudiera apoyarse contra ella.

La scatola era troppo liscia perché lui potesse starci in piedi.

Y finalmente se dio un último empujón para ponerse de pie.

E infine si diede un'ultima spinta per rialzarsi.

Ya no le prestó más atención al dolor en su abdomen.

Non prestò più attenzione al dolore all'addome.

No importaba cuánto dolor sintiera, él lo superaría.

Non importava quanto dolore provasse, ce l'avrebbe fatta.

Se dejó caer contra el respaldo de una silla cercana.

Si lasciò cadere contro lo schienale di una sedia lì vicino.

Y se agarró a los bordes con sus pequeñas piernas.

E si teneva ai bordi con le sue zampette.

En ese momento ya tenía más control de sí mismo.

A questo punto aveva acquisito un maggiore controllo di sé.

Y su caída fue más silenciosa que la anterior.

E la sua caduta fu più silenziosa della precedente.

Porque tenía que escuchar lo que decía el gerente.

Perché doveva ascoltare ciò che diceva il direttore.

¿Entendieron algo de eso?, preguntó a los padres.

"Avete capito qualcosa?" chiese ai genitori.

"No se burlaría de nosotros, ¿verdad?"

"Non ci prenderebbe in giro, vero?"

—¡Por Dios! —gritó la madre, ya llorando.

"Per l'amor di Dio", gridò la madre, già in lacrime.

"Puede que esté gravemente enfermo y lo estamos atormentando".

"Potrebbe essere gravemente malato e lo stiamo tormentando."

"¡Grete! ¡Grete!", le gritó a la hija.

"Grete! Grete!" urlò alla figlia.

"¿Mamá?" llamó la hermana desde el otro lado.

"Mamma?" chiamò la sorella dall'altra parte.

Luego se comunicaron a través de la habitación de Gregor.

Poi comunicarono attraverso la stanza di Gregor.

Gregor está muy enfermo y necesita medicamentos.

"Gregor è molto malato e ha bisogno di medicine."

"Tendrás que ir al médico inmediatamente."

"Dovrai andare subito dal medico."

¿Escuchaste cómo habló Gregor hace un momento?

"Hai sentito come ha parlato Gregor poco fa?"

"Esa era la voz de un animal", dijo el gerente.

"Era la voce di un animale", disse il direttore.

Sus palabras eran silenciosas comparadas con los gritos de la madre.

Le sue parole erano silenziose in confronto alle urla della madre.

—¡Anna! ¡Anna! —llamó el padre desde la antesala.

«Anna! Anna!» chiamò il padre dall'anticamera.

Y aplaudió para llamar su atención.

E batté le mani per attirare la loro attenzione.
"¡Llama a un cerrajero inmediatamente!" le ordenó a la criada.
"Chiama subito un fabbro!" ordinò alla cameriera.
Las muchachas, con sus faldas, corrían por la antesala.
Le ragazze, in gonna, attraversarono di corsa l'anticamera.
Y sus faldas crujieron mientras corrían frente a su habitación.
E le loro gonne frusciavano mentre correvano davanti alla sua stanza.
"¿Cómo se vistió la hermana tan rápido?" pensó.
"Come ha fatto la sorella a vestirsi così in fretta?" pensò.
La puerta se abrió de golpe, pero no se cerró de golpe.
La porta fu spalancata, ma non sbattuta.
Esto es común en los hogares donde ocurre una gran desgracia.
Ciò è comune nelle case in cui si verifica una grande disgrazia.
Pero todo esto había hecho que Gregor se volviera mucho más tranquilo.
Ma tutto questo aveva fatto sì che Gregor diventasse molto più calmo.
Cuando escuchó sus propias palabras le parecieron claras.
Quando udì le sue stesse parole, gli sembrarono chiare.
De hecho, sintió que sus palabras habían sido más claras.
In realtà sentiva che le sue parole erano state più chiare.
Pero los demás ya no entendían lo que decía.
Ma gli altri non capivano più cosa stesse dicendo.
Quizás ya se había acostumbrado a sus oídos.
Forse ormai si era abituato alle sue orecchie.
Pero al menos ahora entendían mejor su situación.
Ma almeno ora capivano meglio la sua situazione.
Se dieron cuenta de que realmente había algo mal con él.
Si resero conto che c'era davvero qualcosa che non andava in lui.
Y ahora estaban haciendo todo lo que podían para ayudarlo.
E ora facevano tutto il possibile per aiutarlo.

Esto le dio a Gregor una sensación de confianza que le faltaba.

Ciò diede a Gregor un senso di sicurezza che gli mancava.

Y se sintió nuevamente mucho más seguro en la familia.

E si sentì di nuovo molto più sicuro in famiglia.

Se sintió incluido nuevamente en el círculo humano.

Si sentiva di nuovo incluso nel cerchio umano.

Ahora tenía que esperar que el cerrajero pudiera abrir la puerta.

Ora non gli restava che sperare che il fabbro riuscisse ad aprire la porta.

Y esperaba que el médico pudiera realizar tales tareas.

E sperava che il medico potesse svolgere tali compiti.

Pronto tendría que hablar más.

Presto avrebbe dovuto parlare ancora di più.

Su voz tendría que ser lo más clara posible.

La sua voce doveva essere il più chiara possibile.

Para prepararse para la reunión se aclaró la garganta.

Per prepararsi all'incontro si schiarì la gola.

Sin embargo, hizo todo lo posible para toser muy silenciosamente.

Tuttavia, fece del suo meglio per tossire solo molto silenziosamente.

El ruido podría haber sonado diferente a una tos humana.

Il rumore potrebbe essere stato diverso da quello di un colpo di tosse umano.

Sabía que ya no podía diferenciar esas cosas.

Sapeva che non riusciva più a distinguere queste cose.

En la habitación contigua reinaba un silencio absoluto.

Nella stanza accanto era calato il silenzio più assoluto.

Los padres probablemente estaban sentados a la mesa.

Probabilmente i genitori erano seduti a tavola.

Quizás estaban susurrando con el gerente.

Forse stavano bisbigliando con il direttore.

Quizás todos estaban apoyados en la puerta y escuchando.

Forse tutti erano appoggiati alla porta e ascoltavano.

Gregor empujó lentamente la silla hacia la puerta.

Gregor spinse lentamente la sedia verso la porta.

Empujó la puerta y se mantuvo en pie.

Spinse la porta e si tenne in piedi.

Se enteró de que las almohadillas de sus pies tenían un poco de pegamento.

Scoprì che i cuscinetti dei suoi piedi avevano un po' di colla.

Y descansó allí un momento del esfuerzo.

E lì si riposò per un momento dallo sforzo.

Después de descansar lo suficiente, comenzó con la siguiente tarea.

Dopo essersi riposato a sufficienza, si dedicò al compito successivo.

Empezó a girar la llave en la cerradura con la boca.

Cominciò a girare la chiave nella serratura con la bocca.

Desafortunadamente, parecía que no tenía dientes reales.

Sfortunatamente, sembrava che non avesse denti veri.

¿Pero qué otra forma tenía de conseguir las llaves?

Ma quale altro modo aveva per prendere le chiavi?

Afortunadamente para él, sus mandíbulas eran, por supuesto, muy fuertes.

Fortunatamente per lui le sue mascelle erano ovviamente molto forti.

Con la ayuda de sus mandíbulas realmente consiguió mover la llave.

Con l'aiuto delle sue mascelle riuscì davvero a far muovere la chiave.

No tenía ninguna duda de que él también se estaba haciendo daño.

Non aveva dubbi che anche lui si stesse facendo del male.

Porque de su boca salía un líquido marrón.

Perché dalla sua bocca usciva un liquido marrone.

El líquido marrón fluyó sobre la llave y por la puerta.

Il liquido marrone colò sulla chiave e lungo la porta.

Pero a Gregorio no le importaba hacerse daño a sí mismo.

Ma a Gregor non importava di farsi del male.

"¿Puedes oír eso?" dijo el gerente en la habitación de al lado.

"Sentì?" chiese il direttore nella stanza accanto.

"Está girando la llave", había notado el gerente.

«Sta girando la chiave», aveva notato il direttore.

Estas palabras fueron un gran estímulo para Gregor.

Queste parole furono di grande incoraggiamento per Gregor.

Pero el padre y la madre también deberían haber gritado:

Ma anche il padre e la madre avrebbero dovuto gridare:

«¡Bien, Gregor!», deberían haberle gritado.

"Bene, Gregor", avrebbero dovuto gridargli.

"Sigue adelante, sigue girando esa llave, puedes lograrlo".

"Continua, continua a girare quella chiave, ce la puoi fare."

Pero Gregor tuvo que imaginarse su emoción.

Ma Gregor dovette immaginare la loro eccitazione.

Apretó las mandíbulas con toda la fuerza que tenía.

Strinse le mascelle con tutta la forza che aveva.

Y continuó girando la llave en la cerradura.

E continuò a girare la chiave nella serratura.

Dolorosamente su cuerpo se retorció en un círculo.

Il suo corpo si contorse dolorosamente in cerchio.

Ahora se mantenía erguido únicamente con la boca.

Ora si reggeva in piedi solo con la bocca.

Para seguir girando la llave presionó contra la puerta.

Per continuare a girare la chiave, premeva contro la porta.

Finalmente el chasquido de la cerradura despertó de nuevo a Gregor.

Infine lo scatto della serratura risvegliò di nuovo Gregor.

"Así que no necesité al cerrajero", suspiró aliviado.

"Quindi non ho avuto bisogno del fabbro", sospirò di sollievo.

Ahora sólo faltaba abrir la puerta que había desbloqueado.

Ora non gli restava che aprire la porta che aveva sbloccato.

Y con la cabeza en el pomo abrió la puerta.

E con la testa sulla maniglia aprì la porta.

Estaba detrás de la puerta que daba a su habitación.

Lui era dietro la porta che dava sulla sua stanza.

Así que la puerta ya estaba abierta antes de que pudiera ser visto.

Quindi la porta era già aperta prima che lui potesse essere visto.

A continuación tuvo que maniobrar para rodear la puerta.
Poi dovette manovrare intorno alla porta stessa.
Este difícil movimiento también requirió mucho esfuerzo.
Anche questo difficile movimento ha richiesto molto impegno.
No quería caer torpemente en la habitación contigua.
Non voleva cadere goffamente nella stanza accanto.
Así que no tuvo tiempo de prestar atención a nada más.
Quindi non aveva tempo di prestare attenzione a nient'altro.
Pero entonces oyó al jefe de oficina exclamar en voz alta: "¡Oh!".
Ma poi sentì il capo impiegato emettere un forte "Oh!"
Sonaba como si el viento corriera a través de la casa.
Sembrava che il vento soffiasse attraverso la casa.
Resultó que él era el que estaba más cerca de la puerta.
Lui era quello più vicino alla porta.
Y al verlo, se llevó la mano a la boca.
E ora, vedendolo, si premette la mano sulla bocca.
Se movió lentamente hacia atrás, alejándose de Gregor.
Si mosse lentamente all'indietro, allontanandosi da Gregor.
Pero era como si una fuerza invisible actuara sobre él.
Ma era come se una forza invisibile agisse su di lui.
Lo primero que hizo la madre fue mirar al padre.
La prima cosa che fece la madre fu guardare il padre.
A pesar de la presencia del gerente, su cabello estaba despeinado.
Nonostante la presenza del direttore, i suoi capelli erano spettinati.
Desplegó los brazos y dio dos pasos hacia adelante.
Aprì le braccia e fece due passi avanti.
Pero entonces se desplomó en medio de su falda.
Ma poi crollò in mezzo alla gonna.
Su vestido se extendió a su alrededor en el suelo.
Il suo vestito si stese tutto intorno a lei sul pavimento.
Y su cabeza desapareció sobre sus propios pechos.
E la sua testa scomparve sul suo seno.
El padre apretó el puño con expresión hostil.
Il padre strinse il pugno con un'espressione ostile.

Parecía querer que Gregor fuera empujado de nuevo a su habitación.

Sembrava che volesse spingere Gregor di nuovo nella sua stanza.

Luego miró con incertidumbre alrededor de la sala de estar.

Poi guardò con aria incerta il soggiorno.

Y finalmente se cubrió los ojos entre las manos.

E infine si coprì gli occhi tra le mani.

Y lloró amargamente hasta que su poderoso pecho se estremeció.

E pianse amaramente finché il suo possente petto non tremò.

Gregor en realidad no entró en su habitación.

Gregor in realtà non entrò affatto nella loro stanza.

En lugar de eso, se apoyó contra el marco de la puerta.

Invece si appoggiò allo stipite della porta.

Para los que estaban desde fuera solo era visible la mitad de su cuerpo.

Solo metà del suo corpo era visibile a chi si trovava all'esterno.

Y encima de su cuerpo estaba su cabeza, inclinada hacia un lado.

E sulla parte superiore del suo corpo c'era la testa, inclinata di lato.

Para entonces la luz se había vuelto mucho más brillante que antes.

Ormai la luce era diventata molto più intensa di prima.

Ahora se podía ver claramente el otro lado de la calle.

Ora si poteva vedere chiaramente l'altro lato della strada.

Apareció una sección del interminable y gris hospital.

Si rivelò una parte dell'ospedale grigio e infinito.

La lluvia de la mañana aún no había parado del todo de caer.

La pioggia mattutina non aveva ancora cessato del tutto di cadere.

Pero ahora las gotas de lluvia eran más grandes y estaban más separadas.

Ma ora le gocce di pioggia erano più grandi e più distanti tra loro.

Los platos del desayuno estaban en abundancia en la mesa.

I piatti per la colazione erano in tavola in abbondanza.
El padre pensaba que el desayuno era la comida más importante.
Il padre riteneva che la colazione fosse il pasto più importante.
El desayuno era una comida que se prolongaba durante horas.
La colazione era un pasto che si trascinava per ore.
Y en esas horas leía los distintos periódicos.
E in quelle ore leggeva i vari giornali.
Justo en la pared opuesta colgaba una fotografía de Gregor.
Proprio sulla parete opposta era appesa una fotografia di Gregor.
La fotografía en la pared lo mostraba como teniente.
La fotografia sul muro lo ritraeva come tenente.
Era una fotografía de su época en el ejército.
Era una foto del periodo trascorso nell'esercito.
Su mano estaba sobre su espada y tenía una sonrisa despreocupada.
Teneva la mano sulla spada e aveva un sorriso spensierato.
Su postura y su uniforme exigían cierto respeto.
La sua postura e la sua uniforme esigevano un certo rispetto.
La otra puerta que conducía a la antesala también estaba abierta.
Anche l'altra porta che conduceva all'anticamera era aperta.
Y la puerta del apartamento todavía estaba abierta también.
E anche la porta dell'appartamento era ancora aperta.
Se podía ver hasta el patio delantero del apartamento.
Si poteva vedere fino al piazzale antistante l'appartamento.
Y luego las escaleras conducían a la calle de abajo.
E poi le scale portavano giù nella strada sottostante.
Gregor fue el único que mantuvo la compostura.
Gregor era l'unico che aveva mantenuto la calma.
Él vio esto, por lo que la conversación era su responsabilidad.
Lui se ne accorse, quindi la conversazione era sua responsabilità.
"Bueno, ahora me voy a vestir para ir a trabajar", dijo.

"Bene, ora vado a vestirmi per andare al lavoro", disse.
"Después de haber empaquetado las muestras textiles, me iré."
"Dopo aver impacchettato i campioni di tessuto, me ne andrò."
"¿Aún tiene intención de dispararme, señor Prokurist?"
"Ha ancora intenzione di licenziarmi, signor Prokurist?"
"Como puedes ver, no soy tan terco como pensabas."
"Come puoi vedere, non sono così testardo come pensavi."
"Y puedes ver que después de todo me gusta trabajar".
"E vedi che dopotutto mi piace lavorare."
"Puedo admitir que viajar por trabajo no es fácil".
"Posso ammettere che viaggiare per lavoro non è facile."
"Pero también puedo aceptar que es parte de mi trabajo".
"Ma posso anche accettare che faccia parte del mio lavoro."
"Gerente, ¿adónde va? ¿De vuelta a la oficina?"
"Direttore, dove sta andando? Di nuovo in ufficio?"
"¿Informarás verazmente de todo lo que has visto?"
"Riferirai sinceramente tutto ciò che hai visto?"
"A veces sucede que uno no puede ir a trabajar."
"A volte capita di non poter andare al lavoro."
"Este es el momento adecuado para recordar los logros pasados".
"È il momento giusto per ricordare i successi del passato."
"Después de eliminar la dificultad, uno trabaja aún mejor."
"Dopo aver eliminato la difficoltà, si lavora ancora meglio."
"Mi diligencia y concentración aumentarán".
"La mia diligenza e concentrazione sono destinate ad aumentare."
"Sabes muy bien que estoy en deuda con el jefe."
"Sai benissimo che sono in debito con il capo."
"Pero también estoy preocupada por mis padres y mi hermana".
"Ma sono anche preoccupato per i miei genitori e mia sorella."
"Estoy en una situación difícil, pero encontraré la manera de salir de ella".
"Sono in una situazione difficile, ma troverò la soluzione."
"No hagas esto más difícil de lo que ya es."

"Non rendere le cose più difficili di quanto non siano già."
"Como compañeros de trabajo también tenemos que ayudarnos unos a otros".
"Come colleghi dobbiamo anche aiutarci a vicenda."
"Sé que a los trabajadores de oficina no les gustan los viajeros".
"So che agli impiegati non piacciono i viaggiatori."
"¿Crees que ganamos una fortuna y llevamos una buena vida?"
"Pensi che guadagniamo una fortuna e conduciamo una bella vita."
"No tienen ningún motivo real para considerar sus prejuicios".
"Non hanno alcun vero motivo per considerare i loro pregiudizi."
"Pero usted, oficial autorizado, tiene un papel diferente."
"Ma tu, funzionario autorizzato, hai un ruolo diverso."
"Tienes una mejor visión general que el resto del personal".
"Hai una visione d'insieme migliore rispetto agli altri membri dello staff."
"De hecho, creo que probablemente tengas la mejor visión general".
"In effetti penso che tu abbia la panoramica migliore."
"Tienes una visión mejor que el propio jefe".
"Hai una visione d'insieme migliore del capo stesso."
"Admito que el jefe hace el trabajo empresarial".
"Ammetto che il capo fa il lavoro imprenditoriale."
"Pero es fácil que sus juicios sean erróneos."
"Ma è facile che i suoi giudizi vengano fuorviati."
"Y estos pequeños errores de juicio pueden ser en nuestro detrimento".
"E questi piccoli errori di valutazione possono rivelarsi a nostro svantaggio."
"Ya sabes lo fácil que es hablar del viajero."
"Sai quanto è facile parlare del viaggiatore."
"Él no está allí para defender su reputación de los chismes".
"Non è lì per difendere la sua reputazione dai pettegolezzi."

"**Esas acusaciones pueden fácilmente ser meras coincidencias**".

"Queste accuse potrebbero facilmente essere solo delle coincidenze."

"**Muchas quejas ni siquiera tienen su base en ninguna verdad.**"

"Molte lamentele non hanno nemmeno un fondamento di verità."

"**Está fuera de la oficina casi todo el año.**"

"È fuori ufficio quasi tutto l'anno."

¿Qué posibilidades tiene de defender su propia reputación?

"Quali possibilità ha di difendere la propria reputazione?"

"**Ni siquiera se entera de las acusaciones**".

"Non gli viene nemmeno detto delle accuse."

"**Se entera de lo que se ha dicho cuando ya es demasiado tarde.**"

"Scoprirà cosa è stato detto quando sarà troppo tardi."

A estas alturas ya está exhausto por el viaje del día.

"A quel punto è esausto per il viaggio della giornata."

"**De todos modos, tendrá que experimentar las terribles consecuencias**".

"In ogni caso dovrà subire le terribili conseguenze."

"**Aunque no tiene forma de entender el problema.**"

"Anche se non ha modo di comprendere il problema."

"**Oh, gerente, no se vaya sin decirme una palabra**".

"Oh direttore, non se ne vada senza dirmi una parola."

"**Al menos dime que estás de acuerdo conmigo en parte.**"

"Almeno dimmi che sei in parte d'accordo con me."

Pero el manager se había alejado de Gregor mucho antes.

Ma il direttore si era allontanato da Gregor molto prima.

Su hombro se contrajo cuando volvió a mirar a Gregor.

La sua spalla sussultò quando guardò di nuovo Gregor.

Y no se quedó quieto ni un solo momento durante su discurso.

E non si è fermato nemmeno una volta durante il discorso.

Él había mirado a Gregor con los labios fruncidos.

Aveva guardato Gregor con le labbra serrate.

Se había ido retirando gradualmente hacia la puerta.
Si stava ritirando gradualmente verso la porta.
Pero tampoco podía apartar la mirada de Gregor.
Ma non riusciva a staccare gli occhi da Gregor.
Sintió como si hubiera una prohibición secreta de salir de la habitación.
Aveva la sensazione che ci fosse un divieto segreto di uscire dalla stanza.
Pero a estas alturas ya estaba en el vestíbulo de entrada.
Ma a questo punto era già nell'atrio.
Y ahora hizo un movimiento repentino hacia la salida.
E ora fece un movimento improvviso verso l'uscita.
Extendió su mano derecha hacia las escaleras.
Allungò la mano destra verso le scale.
Quizás una fuerza sobrenatural estaba esperando para salvarlo.
Forse una forza soprannaturale lo stava aspettando per salvarlo.
Gregor sabía que no podía permitir que se fuera así.
Gregor sapeva che non poteva permettergli di andarsene in quel modo.
El gerente no debe regresar con el mismo humor en el que estaba.
Il direttore non deve tornare nello stesso stato d'animo in cui si trovava.
La seguridad del trabajo de Gregor estaba en grave peligro.
La sicurezza del posto di lavoro di Gregor era seriamente a rischio.
Los padres no podían comprender plenamente todo esto.
I genitori non riuscivano a comprendere appieno tutto questo.
Con los años se habían acostumbrado a su seguridad laboral.
Nel corso degli anni si erano abituati alla sicurezza del suo posto di lavoro.
Y se convencieron de que tenía el trabajo de por vida.
E si erano convinti che lui avrebbe avuto quel posto per tutta la vita.
En lugar de eso, se habían ocupado de otras preocupaciones.

Invece erano diventati più impegnati con altre preoccupazioni.

Pero estas preocupaciones les hicieron perder toda previsión.

Ma queste preoccupazioni li portarono a perdere ogni lungimiranza.

Gregor, sin embargo, no había perdido la previsión paterna.

Gregor, tuttavia, non aveva perso la lungimiranza dei genitori.

Alguien tenía que detener al representante autorizado.

Qualcuno doveva fermare il rappresentante autorizzato.

Iba a tener que calmarlo y convencerlo.

Avrebbe dovuto calmarlo e convincerlo.

¡El futuro de Gregor y su familia dependía de ello!

Da questo dipendeva il futuro di Gregor e della sua famiglia!

Ojalá la inteligente hermana hubiera estado allí para ayudar.

Se solo la sorella intelligente fosse stata qui ad aiutarci.

Ella ya había llorado cuando Gregor todavía estaba en su habitación.

Aveva già pianto quando Gregor era ancora nella sua stanza.

En ese momento él simplemente yacía tranquilamente boca arriba.

A quel punto se ne stava tranquillamente sdraiato sulla schiena.

Ella ya sabía entonces la importancia de la situación.

Allora lei sapeva già l'importanza della situazione.

El gerente tenía una debilidad bien conocida por las mujeres.

Il direttore aveva un debole ben noto per le donne.

Ella fácilmente podría haberlo persuadido para que se quedara más tiempo.

Avrebbe potuto facilmente convincerlo a restare più a lungo.

Ella habría cerrado la puerta y lo habría guiado adentro.

Avrebbe chiuso la porta e lo avrebbe fatto rientrare.

Pero desafortunadamente la hermana había ido a buscar un médico.

Ma sfortunatamente la sorella era andata a chiamare un medico.

Así que Gregor no tuvo más remedio que hacerlo él mismo.

Perciò Gregor non ebbe altra scelta che farlo lui stesso.

No había considerado cuáles eran realmente sus habilidades.
Non aveva considerato quali fossero realmente le sue capacità.
Y se había olvidado de desconfiar de su capacidad de hablar.
E aveva dimenticato di diffidare della sua capacità di parlare.
Pero aún así, abandonó la seguridad de su habitación.
Ma nonostante ciò, lasciò la sicurezza della sua stanza.
Y se abrió paso a través de la abertura de la habitación.
E si spinse attraverso l'apertura della stanza.
El gerente ya estaba bajando las escaleras.
Il direttore stava già scendendo le scale.
Pero él se agarraba a la barandilla con ambas manos.
Ma lui si teneva alla ringhiera con entrambe le mani.
Gregor se cayó mientras intentaba atravesar la puerta.
Gregor cadde mentre si spingeva attraverso la porta.
Dejó escapar un pequeño grito mientras trataba de agarrar algo para apoyarse.
Emise un piccolo grido mentre cercava di aggrapparsi a qualcosa.
Pero en lugar de pánico, sintió un bienestar físico.
Ma anziché provare panico, provò un benessere fisico.
Por primera vez esa mañana algo se sintió bien.
Per la prima volta quella mattina qualcosa sembrava giusto.
Todas sus piernas ahora tenían tierra sólida debajo de ellas.
Ora tutte le sue gambe avevano un terreno solido sotto di loro.
Se sorprendió de lo bien que podía controlar sus piernas.
Rimase sorpreso dalla sua capacità di controllare le gambe.
Se alegró de notar que sus piernas le obedecían completamente.
Fu felice di notare che le sue gambe gli obbedivano completamente.
De hecho, sus piernas lo llevaban a donde quería.
Infatti le sue gambe lo portavano ovunque volesse.
Pronto todas sus penas estaban destinadas a llegar a su fin.
Presto tutti i suoi dolori sarebbero finiti.
Pero en ese mismo momento su propia madre saltó.
Ma nello stesso momento anche sua madre balzò in piedi.
Sus brazos estaban extendidos y sus dedos separados.

Aveva le braccia tese e le dita aperte.

Y ella gritó: "¡Socorro! ¡Por el amor de Dios, que alguien ayude!"

E lei gridò: "Aiuto, per l'amor di Dio, qualcuno mi aiuti!"

Ella inclinó la cabeza; quería ver mejor a Gregor.

Inclinò la testa; voleva vedere meglio Gregor.

Pero en contraposición a la primera acción, ella corrió hacia atrás.

Ma, contrariamente alla prima azione, tornò indietro di corsa.

Se había olvidado que la mesa estaba puesta detrás de ella.

Aveva dimenticato che il tavolo era apparecchiato dietro di lei.

Todos los elementos para el desayuno todavía estaban en la mesa.

Tutto il necessario per la colazione era ancora sul tavolo.

Se sentó apresuradamente en la mesa, como distraída.

Si sedette frettolosamente sul tavolo, come se fosse distratta.

Y ella no pareció darse cuenta del café derramado.

E non sembrava accorgersi del caffè rovesciato.

El café que ahora estaba empapando la alfombra.

Il caffè che ormai stava impregnando il tappeto.

—Mamá, madre —dijo Gregor suavemente, mirándola.

«Mamma, mamma», disse Gregor dolcemente, guardandola.

Por el momento el manager no era importante para él.

Per il momento il manager non era importante per lui.

Pero también estaba el café goteando sobre la alfombra.

Ma c'era anche il caffè che gocciolava sul tappeto.

Gregor no pudo resistirse a chasquear las mandíbulas al tomar el café.

Gregor non poté resistere alla tentazione di schioccare le mascelle per il caffè.

La madre comenzó a llorar nuevamente por su comportamiento.

La madre ricominciò a piangere a causa del suo comportamento.

Ella saltó de la mesa para distanciarse de él.

Lei saltò giù dal tavolo per prendere le distanze da lui.

Y ella corrió a los brazos del padre, buscando seguridad.

E corse tra le braccia del padre, per mettersi in salvo.

Pero Gregor ya no tenía tiempo que perder con sus padres.

Ma Gregor non aveva più tempo da dedicare ai suoi genitori.

El oficial autorizado ya estaba en las escaleras.

L'ufficiale autorizzato era già sulle scale.

Apoyó la barbilla en la barandilla para mirar dentro de la casa.

Aveva il mento appoggiato alla ringhiera per guardare dentro la casa.

Al parecer quería echar un último vistazo al espectáculo.

A quanto pare voleva dare un'ultima occhiata allo spettacolo.

Y Gregor hizo un último esfuerzo para llegar hasta el gerente.

E Gregor fece un ultimo tentativo per raggiungere il direttore.

Corrió hacia la puerta tan seguro como pudo.

Corse verso la porta nel modo più sicuro possibile.

Pero el jefe de oficina debía de sospechar algo.

Ma il capo impiegato deve aver sospettato qualcosa.

Porque saltó varios escalones y desapareció.

Perché saltò giù da diversi gradini e scomparve.

—¡Huh! —gritó Gregor, resonando en la escalera.

"Huh!" urlò Gregor, echeggiando nella tromba delle scale.

La fuga del gerente también pareció confundir a su padre.

La fuga del direttore sembrò confondere anche suo padre.

Hasta entonces había conseguido mantener la compostura.

Fino a quel momento era riuscito a mantenere un certo controllo.

Pero desgraciadamente él también perdió la compostura que había tenido.

Ma purtroppo anche lui perse la compostezza che aveva avuto.

Lo que debería haber hecho es ayudar a Gregor en su persecución.

Ciò che avrebbe dovuto fare era aiutare Gregor nella sua ricerca.

Pero con una mano agarró el bastón del gerente.

Ma lui afferrò il bastone da passeggio del direttore con una mano.

Y en la otra mano sostenía ahora un periódico.

E nell'altra mano teneva ora un giornale.

Y ahora estorbó directamente a Gregor en su persecución.

E ora ostacolava direttamente Gregor nel suo inseguimento.

Se había colocado entre Gregor y la calle.

Si era messo tra Gregor e la strada.

Golpeó el suelo con los pies y agitó el palo y el periódico.

Batté i piedi e agitò il bastone e il giornale.

Y él estaba forzando activamente a Gregor a regresar a su habitación.

E stava costringendo Gregor a tornare nella sua stanza.

Ninguna de las peticiones que Gregor intentó hacer sirvió de algo.

Nessuna delle richieste che Gregor provò a fare ebbe successo.

Porque ninguna de las peticiones que hizo fue entendida.

Perché nessuna delle richieste da lui avanzate venne compresa.

Giró la cabeza hacia un ángulo más profundo y humilde.

Girò la testa verso un'angolazione più profonda e umile.

Pero su padre respondió golpeando el suelo con más fuerza.

Ma il padre rispose battendo i piedi ancora più forte.

La madre abrió una ventana, a pesar del clima frío.

La madre aprì una finestra, nonostante il clima fresco.

Y apretó su cara entre sus manos en el frío.

E si premette il viso tra le mani per il freddo.

El viento ahora podría pasar por todo el apartamento.

Ora il vento poteva attraversare tutto l'appartamento.

Una fuerte corriente de aire soplaba desde la escalera hacia el callejón.

Una forte corrente d'aria soffiava dalla scala verso il vicolo.

Las cortinas se agitaban a causa del fuerte viento.

Le tende svolazzavano a causa del forte vento.

Y el periódico sobre la mesa crujió con el viento.

E il giornale sul tavolo frusciava nel vento.

Incluso algunas hojas fueron arrastradas hasta el interior de la casa desde el exterior.

Anche alcune foglie sono state trasportate dall'esterno all'interno della casa.

El padre pateaba y empujaba sin descanso.

Il padre batteva i piedi e spingeva senza sosta.

Y silbaba y hacía ruidos como lo haría un hombre salvaje.

E sibilò e fece rumori come avrebbe fatto un selvaggio.

Pero Gregor aún no había practicado el caminar hacia atrás.

Ma Gregor non aveva ancora imparato a camminare all'indietro.

Incluso Gregor admitiría que este movimiento era mucho más lento.

Anche Gregor ammetterebbe che questo movimento era molto più lento.

Pero lo único que quería era la oportunidad de cambiar las cosas.

Tutto ciò che voleva, però, era l'opportunità di voltarsi.

Entonces se habría ido directamente a su habitación.

Poi sarebbe andato subito nella sua stanza.

Pero tenía demasiado miedo de impacientar a su padre.

Ma aveva troppa paura di rendere impaziente suo padre.

Y allí estaba la amenaza de un golpe con el palo.

E c'era la minaccia di un colpo con il bastone.

Un golpe así en la parte posterior de la cabeza podría ser fatal.

Un colpo del genere alla nuca potrebbe essere fatale.

Pero al final Gregor no tuvo otra opción.

Ma alla fine Gregor non ebbe altra scelta.

Se dio cuenta de que ni siquiera podía caminar hacia atrás en línea recta.

Si rese conto che non riusciva nemmeno a camminare all'indietro dritto.

Empezó a girar tan rápido como pudo.

Iniziò a girarsi il più velocemente possibile.

Pero en realidad este movimiento giratorio era igualmente lento.

Ma in realtà questo movimento di svolta era altrettanto lento.
Y le siguieron las miradas ansiosas del padre.
E lo seguivano gli sguardi ansiosi del padre.
Quizás el padre notó las buenas intenciones de Gregor.
Forse il padre notò le buone intenzioni di Gregor.
Porque no le impidió darse la vuelta.
Perché non gli impediva di voltarsi.
Incluso utilizó la punta de su bastón para guiar la rotación.
Usò perfino la punta del suo bastone per guidare la rotazione.
¡Pero Gregor aún deseaba que su padre no le hubiera silbado!
Ma Gregor avrebbe voluto che il padre non gli avesse sibilato contro!
El silbido sólo aumentó la confusión del momento.
Il sibilo non fece che aumentare la confusione del momento.
Y luego cometió un error y giró en la dirección equivocada.
Poi ha commesso un errore e ha svoltato nella direzione sbagliata.
Al final logró encarar el camino correcto.
Alla fine riuscì finalmente a guardare nella direzione giusta.
Y estaba satisfecho con el progreso que había logrado.
Ed era soddisfatto dei progressi fatti.
Pero entonces el siguiente problema se hizo aún más evidente.
Ma poi il problema successivo divenne ancora più evidente.
Su cuerpo era demasiado ancho para pasar fácilmente por la puerta.
Il suo corpo era troppo largo per passare facilmente attraverso la porta.
En su estado actual el padre no se dio cuenta de esto.
Nel suo stato attuale il padre non se ne accorse.
Así que no se le ocurrió abrir más la puerta.
Perciò non gli venne in mente di aprire ulteriormente la porta.
Entonces habría habido suficiente espacio para Gregor.
Allora ci sarebbe stato abbastanza spazio per Gregor.
Su única prioridad era conseguir que Gregor entrara a su habitación.

La sua unica priorità era far entrare Gregor nella sua stanza.
Habría tenido que ponerse de pie para poder pasar por la puerta.
Avrebbe dovuto alzarsi in piedi per passare attraverso la porta.
Pero el padre no hubiera permitido tal maniobra.
Ma il padre non avrebbe permesso una simile manovra.
De hecho, le estaba siseando aún más salvajemente que antes.
In realtà gli stava sibilando contro ancora più selvaggiamente di prima.
Sonaba como si más de un hombre le estuviera silbando.
Sembrava che a sibilargli contro fosse più di un uomo.
Sus demandas parecían tener una nueva urgencia detrás.
Le sue richieste sembravano assumere una nuova urgenza.
Realmente ya no había más tiempo para perder el tiempo.
Ormai non c'era più tempo per perdere tempo.
Pasara lo que pasara, Gregor tenía que atravesar la puerta.
Qualunque cosa accadesse, Gregor doveva attraversare la porta.
Se abrió paso sin ningún respeto por sí mismo.
Si è spinto oltre senza alcun rispetto per se stesso.
Un lado de su cuerpo fue empujado hacia arriba por el movimiento.
Un lato del suo corpo fu spinto verso l'alto dal movimento.
Y él yacía torpe y torcido en el umbral de la puerta.
E giaceva goffamente e storto tra la porta.
Uno de sus flancos quedó en carne viva rozando la madera.
Uno dei suoi fianchi era scorticato contro il legno.
Y había dejado feas manchas en la puerta pintada de blanco.
E aveva lasciato delle brutte macchie sulla porta dipinta di bianco.
Las piernas de uno de sus costados colgaban temblando en el aire.
Le gambe di uno dei suoi fianchi pendevano tremanti nell'aria.
Sus otras piernas estaban presionadas dolorosamente contra el suelo.

Le altre gambe erano dolorosamente premute sul pavimento.

Pronto se quedaría atrapado completamente entre las puertas.

Presto sarebbe rimasto completamente incastrato tra le porte.

Y entonces no habría podido moverse en absoluto.

E allora non sarebbe stato in grado di muoversi affatto.

Pero el padre le dio un fuerte empujón realmente liberador.

Ma il padre gli diede una spinta davvero liberatoria.

Y cayó, sangrando profusamente, hasta el fondo de su habitación.

E cadde, sanguinando copiosamente, nella sua stanza.

El padre cerró la puerta tras de sí con su bastón.

Il padre sbatté la porta dietro di sé con il bastone.

Y finalmente hubo algo de paz y tranquilidad nuevamente.

E poi finalmente tornò un po' di pace e tranquillità.

Segunda parte
Parte seconda

Gregor no se despertó hasta mucho más tarde ese mismo día.
Gregor si svegliò solo molto più tardi.
Había anochecido; había dormido profundamente e inconscientemente.
Era calato il crepuscolo; aveva dormito profondamente e in modo incosciente.
Se habría despertado incluso sin que nadie lo hubiera molestado.
Si sarebbe svegliato anche senza essere disturbato.
Porque se sentía suficientemente descansado y bien dormido.
Perché si sentiva sufficientemente riposato e aveva dormito bene.
Pero le pareció oír unos pasos fugaces afuera.
Ma gli sembrò di sentire dei passi fugaci all'esterno.
Y alguien podría haber cerrado cuidadosamente la puerta principal.
E qualcuno potrebbe aver chiuso con cura la porta d'ingresso.
La luz del tranvía eléctrico se reflejaba pálidamente en el techo.
La luce del tram elettrico era pallida sul soffitto.
La parte superior del mueble también recibió un poco de luz.
Anche la parte superiore del mobile riceveva un po' di luce.
Pero allá abajo, a la altura de Gregor, estaba oscuro.
Ma laggiù, all'altezza di Gregor, era buio.
Sus piernas lo empujaron lentamente hacia la puerta nuevamente.
Le sue gambe lo spinsero lentamente di nuovo verso la porta.
Tenía mucha curiosidad por ver qué había sucedido allí.
Era molto curioso di vedere cosa fosse successo lì.
Pero su control de sus sensores aún no estaba desarrollado.
Ma il suo controllo dei sensori non era ancora sviluppato.
Aunque empezó a apreciar estos nuevos sensores.

Sebbene avesse iniziato ad apprezzare questi nuovi sensori.

Una cicatriz larga y desagradable parecía recorrer su costado izquierdo.

Una lunga e sgradevole cicatrice sembrava percorrergli il fianco sinistro.

La cicatriz parecía como si apretara ese lado de su cuerpo.

Sembrava che la cicatrice gli stringesse quel lato del corpo.

Y entonces tuvo que cojear literalmente sobre sus dos filas de piernas.

E così dovette letteralmente zoppicare sulle sue due file di zampe.

Esa mañana una de sus piernas resultó gravemente herida.

Quella mattina una delle sue gambe era rimasta gravemente ferita.

Realmente fue un milagro que no se hubiera roto más piernas.

Fu davvero un miracolo che non si fosse rotto altre gambe.

Y así arrastró sin vida su pierna herida.

E così si trascinò dietro la gamba ferita, ormai senza vita.

Cuando llegó a la puerta se dio cuenta de algo profundo.

Quando arrivò alla porta, si rese conto di qualcosa di profondo.

Fue el olor de algo lo que lo atrajo hasta allí.

Era l'odore di qualcosa che lo aveva attirato lì.

A Gregor le habían dejado algo comestible en su habitación.

Nella sua stanza era stato lasciato qualcosa di commestibile per Gregor.

Trozos de pan blanco flotando en un cuenco de leche dulce.

Pezzi di pane bianco che galleggiano in una ciotola di latte dolce.

Apenas podía contener la alegría que había dentro de él.

Non riusciva quasi a contenere la gioia che provava dentro di sé.

Ahora tenía incluso más hambre que por la mañana.

Adesso aveva ancora più fame di quella mattina.

Inmediatamente sumergió su cabeza en el cuenco de leche.

Immerse subito la testa nella ciotola del latte.

La leche le salía casi por toda la cabeza, hasta los ojos.

Il latte gli usciva dalla testa fino agli occhi.

Pero pronto echó la cabeza hacia atrás, amargamente decepcionado.

Ma subito ritirò la testa, amaramente deluso.

Comer era difícil debido a su delicado lado izquierdo.

Mangiare era difficile a causa del suo lato sinistro delicato.

Y sólo podía comer jadeando con todo su cuerpo.

E riusciva a mangiare solo ansimando con tutto il corpo.

Pero esa no fue la verdadera razón de su decepción.

Ma non era questa la vera ragione della sua delusione.

La leche siempre había sido uno de sus platos favoritos.

Il latte era sempre stato uno dei suoi piatti preferiti.

No tenía ninguna duda de que su hermana recordaba esto.

Non aveva dubbi che sua sorella se ne ricordasse.

Y esa fue la razón por la que le había dado leche.

Ed era per questo che gli aveva dato il latte.

No podía explicar por qué ahora no le gustaba la leche.

Non era in grado di spiegare perché ora non gli piaceva più il latte.

Y se apartó del cuenco casi con reticencia.

E si allontanò dalla ciotola quasi con riluttanza.

Decepcionado, se arrastró de nuevo hasta el centro de la habitación.

Deluso, tornò strisciando al centro della stanza.

Desde allí pudo ver a través de la rendija de la puerta.

Qui riuscì a vedere attraverso la fessura della porta.

Pudo ver que el fuego en la sala de estar estaba encendido.

Poteva vedere che il fuoco nel soggiorno era acceso.

Generalmente a esta hora el padre leía el periódico.

Di solito a quest'ora il padre leggeva il giornale.

Él siempre solía leerle a la madre en voz alta.

Lui era solito leggere alla madre a voce alta.

A veces la hermana también escuchaba al padre.

A volte anche la sorella ascoltava il padre.

Ella siempre le había contado a Gregor sobre esta lectura en voz alta.

Aveva sempre raccontato ad alta voce a Gregor di questa lettura.

Pero hoy no se oía ningún sonido en la habitación.

Ma oggi non proveniva alcun suono dalla stanza.

Quizás este hábito ya había caído en desuso.

Forse questa abitudine era già caduta in disuso.

Un profundo silencio se había apoderado de todo el apartamento.

Un profondo silenzio era calato sull'intero appartamento.

Aunque sabía que el apartamento ciertamente no estaba vacío.

Sebbene sapesse che l'appartamento non era certamente vuoto.

«¡Qué vida tan tranquila lleva la familia!», pensó Gregor.

"Che vita tranquilla conduceva la famiglia", pensò Gregor.

Y miró hacia la oscuridad con gran orgullo.

E fissava l'oscurità con grande orgoglio.

Estaba orgulloso de la vida que había podido darles.

Era orgoglioso della vita che era riuscito a dare loro.

Estaba orgulloso del hermoso apartamento en el que vivían.

Era orgoglioso del bellissimo appartamento in cui vivevano.

¿Pero toda esta paz estaba a punto de tener un final terrible?

Ma tutta questa pace stava per finire in modo terribile?

¿Les iban a quitar su prosperidad?

La loro prosperità sarebbe stata loro sottratta?

¿Su satisfacción ahora era incierta en el futuro?

La loro soddisfazione futura era ormai incerta?

Pero él no quería perderse en tales pensamientos.

Ma non voleva perdersi in tali pensieri.

Para mantenerse ocupado se arrastraba arriba y abajo por las paredes.

Per tenersi occupato, strisciava su e giù lungo i muri.

Durante la larga velada una puerta estaba entreabierta.

Durante la lunga serata una porta rimase leggermente aperta.

Y en otro momento la otra puerta se abrió un poquito.

E un'altra volta l'altra porta si aprì un po'.

Pero en ambas ocasiones las puertas se cerraron rápidamente de nuevo.

Ma entrambe le volte le porte vennero subito richiuse.

Estaba claro que alguien de fuera tenía el deseo de entrar.

Era chiaro che qualcuno dall'esterno desiderava entrare.

Pero también tenían demasiadas preocupaciones acerca de venir.

Ma avevano anche troppe preoccupazioni riguardo al loro arrivo.

Gregor ahora se detuvo directamente en la puerta de la sala de estar.

Gregor si fermò proprio davanti alla porta del soggiorno.

Estaba decidido a tentar de algún modo al indeciso visitante.

Era determinato a tentare in qualche modo il visitatore esitante.

Y también quería saber quién había sido el visitante.

E voleva anche sapere chi era stato il visitatore.

Pero aquella noche la puerta no se abrió una tercera vez.

Ma quella sera la porta non venne aperta una terza volta.

Y Gregorio esperaba en vano junto a la puerta.

E Gregor trascorse invano il suo tempo ad aspettare sulla porta.

Más temprano ese día todos querían entrar a la habitación.

Quel giorno tutti volevano entrare nella stanza.

Ahora que las puertas estaban desbloqueadas sería más fácil para ellos.

Ora che le porte erano sbloccate, sarebbe stato più facile per loro.

Pero ellos prefirieron quedarse al otro lado de la habitación.

Ma scelsero di restare dall'altra parte della stanza.

Gregor se dio cuenta de que las llaves ya no estaban en sus cerraduras.

Gregor notò che le chiavi non erano più nelle serrature.

Alguien debe haber movido las llaves a la cerradura exterior.

Qualcuno deve aver spostato le chiavi nella serratura esterna.

Sólo tarde por la noche se apagó la luz de la sala de estar.

Solo a tarda notte la luce del soggiorno veniva spenta.

La familia debe haber permanecido despierta todo el tiempo.
La famiglia deve essere rimasta sveglia per tutto il tempo.
Y Gregor podía oírlos claramente alejándose de puntillas.
E Gregor li sentiva chiaramente allontanarsi in punta di piedi.
Ahora nadie vendría a ver a Gregor hasta la mañana.
Ora nessuno sarebbe andato da Gregor fino al mattino.
Así que tuvo mucho tiempo para sí mismo, para pensar sin interrupciones.
Così ebbe molto tempo per sé, per pensare indisturbato.
¿Cuál sería la mejor manera de reorganizar su vida ahora?
Quale sarebbe il modo migliore per riorganizzare la sua vita adesso?
Pero las altas paredes de la habitación vacía lo asustaban.
Ma le alte pareti della stanza vuota lo spaventavano.
No le quedó más remedio que tumbarse en el suelo.
Non ebbe altra scelta che sdraiarsi a terra.
Y nunca encontró la causa de su miedo en ese espacio.
E non trovò mai la causa della sua paura in quello spazio.
Era la misma habitación en la que había vivido durante cinco años.
Era la stessa stanza in cui aveva vissuto per cinque anni.
Medio inconscientemente hizo un movimiento hacia el sofá.
Senza rendersene conto, fece un movimento verso il divano.
Y sin ninguna vergüenza se escondió debajo del sofá.
E senza alcuna vergogna si nascose sotto il divano.
Allí abajo se sintió inmediatamente de nuevo muy a gusto.
Laggiù si sentì subito di nuovo molto a suo agio.
A pesar de que tenía la espalda un poco presionada.
Nonostante avesse la schiena un po' schiacciata.
Ya no podía levantar la cabeza debajo del sofá.
Non riusciva più ad alzare la testa nemmeno sotto il divano.
Pero incluso esto lo prefería a estar en cualquier espacio abierto.
Ma preferiva anche questo piuttosto che trovarsi in uno spazio aperto.
Sin embargo, lamentó que su cuerpo fuera tan ancho.
Tuttavia, si rammaricava che il suo corpo fosse così largo.

El sofá no podía cubrir completamente todo su cuerpo.

Il divano non riusciva a coprire completamente tutto il suo corpo.

Se quedó debajo del sofá toda la noche.

Rimase sotto il divano per tutta la notte.

La noche la pasó medio dormido, perturbado por el hambre.

Trascorse la notte mezzo addormentato, disturbato dalla fame.

Y el tiempo que estaba despierto lo pasaba preocupado o esperanzado.

E il tempo trascorso sveglio lo trascorreva o preoccupato o speranzoso.

Pero todas sus vagas esperanzas llevaron a la misma conclusión.

Ma tutte le sue vaghe speranze portarono alla stessa conclusione.

No tuvo más remedio que permanecer en silencio por el momento.

Per il momento non aveva altra scelta che restare in silenzio.

Tuvo que mostrar paciencia y consideración hacia la familia.

Doveva mostrare pazienza e considerazione verso la famiglia.

Era la única manera de hacer soportable el inconveniente.

Era l'unico modo per rendere sopportabile l'inconveniente.

Los inconvenientes que ahora estaba causando a la familia.

L'inconveniente che ora stava imponendo alla famiglia.

No tuvo que esperar mucho para demostrar su compasión.

Non dovette aspettare molto per dimostrare la sua compassione.

Temprano por la mañana la hermana miró dentro de su habitación.

La mattina presto la sorella guardò nella sua stanza.

Aunque en realidad era tan de noche como de mañana.

Anche se in realtà era tanto notte quanto mattina.

Ella estaba completamente vestida y parecía mostrar entusiasmo.

Era completamente vestita e sembrava mostrare eccitazione.

La fuerza de su nueva decisión podría ser puesta a prueba.

La solidità della sua nuova decisione potrebbe essere messa alla prova.
Ella no lo encontró inmediatamente con su primera mirada.
Non lo riconobbe subito al primo sguardo.
Tenía que estar en algún lugar, no podía haber volado.
Doveva essere da qualche parte; non poteva essere volato via.
Pero entonces sus ojos hicieron un segundo recorrido por la habitación.
Ma poi i suoi occhi percorsero di nuovo la stanza.
Y esta vez vio su torso debajo del sofá.
E questa volta notò il suo torso sotto il divano.
Estaba tan asustada que perdió todo el control de sí misma.
Era così spaventata che perse ogni controllo.
Y su primera reacción fue cerrar la puerta de golpe.
E la sua prima reazione fu quella di sbattere di nuovo la porta.
Pero también pareció arrepentirse inmediatamente de su comportamiento.
Ma sembrò anche pentirsi subito del suo comportamento.
Tan pronto como cerró la puerta de golpe, la abrió de nuevo.
Non appena sbatté la porta, la riaprì.
Y esta vez entró de puntillas en la habitación con cuidado.
E questa volta entrò nella stanza in punta di piedi.
Se movía como si estuviera visitando a una persona gravemente enferma.
Si muoveva come se stesse visitando una persona gravemente malata.
O tal vez estaba visitando a un completo desconocido.
Oppure potrebbe essere andata a trovare un perfetto sconosciuto.
Gregor empujó su cabeza casi hasta el borde del sofá.
Gregor spinse la testa quasi fino al bordo del divano.
Y desde debajo de la caja fuerte la observaba en la habitación.
E da sotto la cassaforte la osservava nella stanza.
¿Se daría cuenta de que había dejado la leche?
Si sarebbe accorta che lui aveva lasciato il latte?
No había dejado la leche por falta de hambre.

Non aveva abbandonato il latte perché non aveva fame.
¿En lugar de eso le traería comida diferente?
Avrebbe dovuto portargli del cibo diverso?
Quizás un plato que se ajustara mejor a sus preferencias.
Forse un piatto che si adattava meglio ai suoi gusti.
Pero ella misma habría tenido que notar su apetito.
Ma lei stessa avrebbe dovuto accorgersi del suo appetito.
Preferiría morir de hambre antes que hacerle saber eso.
Avrebbe preferito morire di fame piuttosto che farglielo
sapere.
En realidad le habría gustado mucho decírselo.
In realtà gli sarebbe piaciuto molto dirglielo.
Estuvo realmente tentado de disparar desde debajo del sofá.
Era davvero tentato di sparare fuori da sotto il divano.
Quería arrojarse a los pies de su hermana.
Voleva gettarsi ai piedi della sorella.
Y quiso pedirle algo bueno para comer.
E voleva chiederle qualcosa di buono da mangiare.
Pero entonces la hermana miró hacia el cuenco de leche.
Ma poi la sorella guardò verso la ciotola del latte.
**Inmediatamente se dio cuenta de que el cuenco todavía
estaba lleno.**
Notò subito che la ciotola era ancora piena.
Le sorprendió bastante que Gregor no hubiera comido nada.
Era piuttosto sorpresa che Gregor non avesse mangiato nulla.
Sólo se había derramado un poco de leche en el suelo.
Sul pavimento era caduto solo un po' di latte.
Inmediatamente cogió el cuenco y lo sacó.
Prese subito la ciotola e la portò fuori.
Él vio que ella no recogió el cuenco con sus propias manos.
Vide che non prendeva la ciotola a mani nude.
En lugar de eso, recogió el cuenco con uno de los trapos.
Invece raccolse la ciotola usando uno degli stracci.
**Pero Gregor se olvidó muy rápidamente de este pequeño
detalle.**
Ma Gregor dimenticò molto presto questo piccolo dettaglio.
Ahora estaba mucho más entusiasmado por otra cosa.

Ora era molto più eccitato per qualcos'altro.

¿Qué podría traer como reemplazo de la leche?

Cosa potrebbe portare in sostituzione del latte?

Tenía varios pensamientos sobre lo que ella podría traer.

Aveva vari pensieri su cosa avrebbe potuto portare.

Pero la bondad de su hermana superó sus expectativas.

Ma la gentilezza della sorella superò le sue aspettative.

Se dio cuenta de que tenía que probar cuáles eran sus nuevos gustos.

Si rese conto che doveva testare i suoi nuovi gusti.

Así que trajo toda una selección de alimentos diferentes.

Così portò un'ampia scelta di cibi diversi.

Verduras medio podridas, huesos de la cena.

Verdure mezze marce, ossa della cena.

Salsa solidificada de la otra comida que habían comido.

Salsa solidificata dell'altro pasto che avevano mangiato.

Unas pasas, unas almendras, pan seco, pan con mantequilla.

Un po' di uvetta, qualche mandorla, pane secco, pane al burro.

Un poco de pan untado con mantequilla y también con sal.

Del pane imburrato e salato.

Queso que Gregor había declarado incomestible hacía dos días.

Formaggio che Gregor aveva dichiarato immangiabile due giorni prima.

Toda esta selección de comida fue colocada en un periódico.

Tutta questa selezione di cibo è stata pubblicata su un giornale.

Y también colocó un recipiente con agua al lado de sus comidas.

E mise anche una ciotola d'acqua accanto ai suoi pasti.

Ella sabía que Gregor no habría comido delante de ella.

Sapeva che Gregor non avrebbe mangiato davanti a lei.

Entonces, por respeto hacia él, salió nuevamente de la habitación.

Così, per rispetto nei suoi confronti, lasciò di nuovo la stanza.

Y hasta giró la llave en la cerradura al salir.

E girò perfino la chiave nella serratura mentre usciva.

Pero ella giró la llave muy silenciosamente y con mucho cuidado.

Ma girò la chiave molto silenziosamente e con cautela.

De esta manera sólo Gregor sabría que la puerta estaba cerrada.

In questo modo solo Gregor avrebbe saputo che la porta era chiusa a chiave.

Ahora podía ponerse tan cómodo como quisiera.

Ora poteva mettersi comodo quanto voleva.

Las piernas de Gregor zumbaban cuando llegó la hora de comer.

Quando arrivò il momento di mangiare, le gambe di Gregor ronzavano.

Lo que vale la pena destacar es que ya no sentía ninguna molestia.

È degno di nota il fatto che non provasse più alcun fastidio.

Sus heridas deben haber sanado ya por completo.

Le sue ferite devono essere già completamente guarite.

Porque ya no sentía sus discapacidades anteriores.

Perché non sentiva più le sue precedenti disabilità.

Su nueva capacidad de curar lo sorprendió y lo asombró.

La sua nuova capacità di guarire lo sorprese e lo stupì.

Hace más de un mes se cortó el dedo con un cuchillo.

Più di un mese fa si è tagliato un dito con un coltello.

Hasta hace dos días esa herida todavía le dolía.

Fino a due giorni fa quella ferita gli faceva ancora male.

"¿Soy mucho menos sensible ahora?" pensó para sí mismo.

"Sono molto meno sensibile adesso?" pensò tra sé.

Para entonces ya estaba chupando con avidez el queso.

A questo punto stava già succhiando avidamente il formaggio.

Se sintió atraído por el queso más que por el resto de la comida.

Era attratto dal formaggio più che dagli altri alimenti.

Comió rápidamente un trozo de queso tras otro.

Mangiò velocemente un pezzo di formaggio dopo l'altro.

Sus ojos se llenaron de lágrimas de satisfacción al probarlo.

I suoi occhi si riempirono di lacrime di soddisfazione per il sapore.

Después del queso comió las verduras y la salsa.

Dopo il formaggio mangiò le verdure e la salsa.

Sin embargo, la comida fresca no le sabía bien.

Tuttavia il cibo fresco non gli piaceva.

De hecho, ni siquiera podía soportar el olor de la comida fresca.

In realtà non sopportava nemmeno l'odore del cibo fresco.

Incluso arrastró el resto de la comida lejos de la comida fresca.

Trascinava via anche gli altri alimenti da quelli freschi.

Y muy rápidamente terminó la comida más comestible.

E molto rapidamente finì il cibo più commestibile.

Toda aquella deliciosa comida tuvo sobre él un efecto soporífero.

Tutto quel cibo delizioso aveva su di lui un effetto soporifero.

Y él permaneció acostado perezosamente en el lugar donde había comido.

E si sdraiò pigramente nel posto dove aveva mangiato.

Finalmente su hermana regresó para ver cómo estaba nuevamente.

Alla fine sua sorella tornò a controllare di nuovo come stava.

Tuvo la previsión de girar la llave muy lentamente.

Ebbe la lungimiranza di girare la chiave molto lentamente.

Esto le dio a Gregor una advertencia de que debía retirarse.

Ciò diede a Gregor l'avvertimento di ritirarsi.

Aturdido y sobresaltado, se apresuró a volver debajo del sofá.

Stordito e spaventato, tornò di corsa sotto il divano.

Pero quedarse debajo del sofá no fue tan fácil esta vez.

Ma questa volta restare sotto il divano non è stato così facile.

Su cuerpo se había vuelto un poco redondeado por tanta comida.

Il suo corpo era diventato un po' arrotondato a causa di tutto quel cibo.

Y tuvo que controlarse para no quedarse sin nada otra vez.

E dovette controllarsi per non scappare di nuovo.

Aunque la hermana no permaneció mucho tiempo en la habitación.

Anche se la sorella non rimase a lungo nella stanza.

Le costaba respirar en ese estrecho espacio.

Faceva fatica a respirare in quello spazio angusto.

Pero él siguió adelante a pesar de los pequeños ataques de asfixia.

Ma riuscì a superare i piccoli attacchi di soffocamento.

Con ojos desorbitados observaba las actividades de la hermana.

Con gli occhi sbarrati osservava le attività della sorella.

La hermana desprevenida vertió todo en un balde.

La sorella ignara versò tutto in un secchio.

Ella no sólo se deshizo de la comida que Gregor no había comido.

Non solo si sbarazzò del cibo che Gregor non aveva mangiato.

Pero también se deshizo de la comida que él no había tocado.

Ma si sbarazzò anche del cibo che lui non aveva toccato.

Al parecer esa comida ya no era comestible para nadie.

A quanto pare quel cibo non era più commestibile per nessuno.

Luego cerró el cubo de comida con una tapa de madera.

Poi chiuse il secchio del cibo con un coperchio di legno.

Y con la comida, el balde y el trapeador, se fue.

E con il cibo, il secchio e lo straccio, se ne andò.

Gregor no habría podido esperar mucho más tiempo.

Gregor non avrebbe potuto aspettare ancora a lungo.

Tan pronto como ella se fue, él se escapó de debajo del sofá.

Non appena lei se ne fu andata, lui scappò da sotto il divano.

Y se estiró y resopló aliviado.

E si stirò e sbuffò di sollievo.

Así recibía Gregorio comida de vez en cuando.

Era così che Gregor riceveva il cibo di tanto in tanto.

Su hermana le dio de comer una vez temprano en la mañana.

Una volta, la mattina presto, sua sorella gli diede da mangiare.

A esta hora los padres y la criada todavía dormían.
A quell'ora i genitori e la domestica dormivano ancora.
Y recibió una segunda comida después de que todos almorzaron.
E ricevette un secondo pasto dopo che tutti ebbero pranzato.
Porque en ese momento los padres también durmieron un rato.
Perché a quell'ora anche i genitori dormivano per un po'.
Y la doncella fue enviada por su hermana a hacer algún recado.
E la cameriera fu mandata via dalla sorella per una commissione.
Ciertamente no tenían intención de dejar morir de hambre a Gregor.
Di certo non avevano intenzione di far morire di fame Gregor.
Pero tampoco hubieran querido verlo comer.
Ma non avrebbero voluto nemmeno vederlo mangiare.
Lo que mencionó la hermana fue suficiente información.
Ciò che la sorella ha menzionato era un'informazione sufficiente.
Quizás era su manera de ahorrarles dolor a los padres.
Forse era il suo modo di risparmiare il dolore ai genitori.
Ya habían sufrido bastante por sus acciones.
Avevano già sofferto abbastanza a causa delle sue azioni.

El primer día se iba convirtiendo poco a poco en un recuerdo lejano.
Il primo giorno stava lentamente diventando un lontano ricordo.
Gregor no tenía forma de saber lo que pasó ese día.
Gregor non aveva modo di sapere cosa fosse successo quel giorno.
¿Cómo fue guiado el cerrajero fuera del apartamento?
Come è stato guidato il fabbro fuori dall'appartamento?
¿Con qué excusas quedó finalmente satisfecho el médico?
Con quali scuse il medico fu finalmente soddisfatto?
No había encontrado ningún modo de hacerse entender.

Non aveva trovato alcun modo per farsi capire.

Ni siquiera logró comunicarse con su hermana.

Non è riuscito nemmeno a comunicare con sua sorella.

Y entonces pensaron que no podía entenderlos.

E così pensavano che non potesse capirli.

Y por eso no se hizo ningún esfuerzo para hablar con él.

E quindi non fu fatto alcun tentativo di parlargli.

Su hermana entraba en su habitación todas las mañanas y a la hora del almuerzo.

Sua sorella veniva nella sua stanza ogni mattina e a pranzo.

Pero él tuvo que contentarse con escuchar sus suspiros.

Ma dovette accontentarsi di sentire i suoi sospiri.

Más tarde se acostumbró un poco más a la forma de Gregor.

Più tardi si abituò un po' di più alla forma di Gregor.

Y se sintió un poco más libre para hacer más comentarios.

E si sentì un po' più libera di fare più osservazioni.

(Aunque nunca se acostumbraría del todo a él.)

(Sebbene non si sarebbe mai abituata completamente a lui.)

Y entonces Gregor se sintió nuevamente hablado un poco más.

E poi Gregor si sentì di nuovo un po' più interpellato.

Y captó lo que percibió como comentarios amistosos.

E colse quelli che percepiva come commenti amichevoli.

"Disfrutó su comida hoy" o "comió todo".

"Oggi gli è piaciuto il cibo" oppure "ha mangiato tutto".

Pero eso fue sólo cuando hubo comido toda su comida.

Ma questo accadde solo dopo aver finito tutto il cibo.

Pero últimamente esto se está volviendo cada vez menos frecuente.

Ma ultimamente questo fenomeno stava diventando sempre più raro.

"Apenas tocaba la comida", decía ella con más frecuencia ahora.

"Non toccava quasi mai il cibo", diceva più spesso ora.

Y había un toque de tristeza en su voz cada vez.

E ogni volta c'era un tocco di tristezza nella sua voce.

Gregor no pudo escuchar ninguna otra noticia más directamente.

Gregor non riuscì a sentire altre notizie in modo più diretto.

Pero escuchó muchas noticias de las habitaciones contiguas.

Ma sentì molte notizie provenire dalle stanze adiacenti.

Al oír voces corrió hacia la puerta correspondiente.

Quando sentì delle voci corse alla porta corrispondente.

Y apretó todo su cuerpo contra la puerta para escuchar.

E premette tutto il corpo contro la porta per sentire.

Todas las conversaciones le concernían de una manera u otra.

Tutte le conversazioni lo riguardavano in un modo o nell'altro.

Incluso cuando el tema parecía ser sobre otra cosa.

Anche quando l'argomento sembrava riguardare qualcos'altro.

Esta observación fue especialmente cierta en los primeros tiempos.

Questa osservazione era particolarmente vera nei primi tempi.

Durante cada comida repetían la misma discusión.

Durante ogni pasto ripetevano la stessa discussione.

Todavía no estaban seguros de cómo comportarse a su alrededor.

Non sapevano ancora come comportarsi con lui.

Pero el mismo tema también se discutió entre comidas.

Ma lo stesso argomento veniva discusso anche tra un pasto e l'altro.

Porque siempre había dos miembros de la familia en casa.

Perché in casa c'erano sempre due membri della famiglia.

Nadie quería quedarse solo en la casa.

Nessuno voleva restare in casa da solo.

Pero dejar el piso vacío tampoco era una opción.

Ma lasciare l'appartamento vuoto era fuori questione.

La criada era la única que no estaba atada al apartamento.

La cameriera era l'unica persona non vincolata all'appartamento.

Ella ya había pedido irse el primer día.

Aveva già chiesto di andarsene il primo giorno.

Ella se puso de rodillas y pidió que la despidieran.

Si inginocchiò e implorò di essere congedata.
La familia no sabía cuánto sabía realmente la criada.
La famiglia non sapeva quanto effettivamente sapesse la camariera.
En ese momento ella no había visto más que nadie.
A quel punto non aveva visto più di chiunque altro.
Lo sucedido todavía era un misterio para la familia.
Ciò che era accaduto era ancora un mistero per la famiglia.
Pero un cuarto de hora después se despidió.
Ma un quarto d'ora dopo mi salutò.
Y agradeció a la familia con lágrimas en los ojos.
E ringraziò la famiglia con le lacrime agli occhi.
Pero en realidad les agradeció por haberla liberado.
Ma in realtà li ringraziò per averla liberata.
Parecían haberle mostrado la mayor bondad.
Sembrava che le avessero dimostrato la massima gentilezza.
Incluso hizo un juramento sin que se lo pidieran.
Fece persino un giuramento, senza che glielo chiedessero.
Dijo que no le contaría a nadie lo que había sucedido.
Ha detto che non avrebbe raccontato a nessuno cosa era successo.
Ahora la hermana tenía que cocinar junto con su madre.
Ora la sorella doveva cucinare insieme alla madre.
Pero esto realmente no era un gran inconveniente.
Ma in realtà non si è trattato di un inconveniente così grave.
Porque de todas formas los dos no comían casi nada.
Perché in ogni caso entrambi non mangiavano quasi nulla.
Gregor escuchó una y otra vez la misma conversación.
Gregor sentiva ripetutamente la stessa conversazione.
Una persona le decía a otra que tenía que comer más.
Una persona diceva all'altra che doveva mangiare di più.
Pero esa persona no recibió ninguna respuesta de la persona.
Ma quella persona non ha ricevuto alcuna risposta dalla persona.
"Gracias, tengo suficiente", o algo similar.
"Grazie, ne ho abbastanza", o qualcosa di simile.
Quizás ya no bebían nada tampoco.

Forse non bevevano più niente.
La hermana a menudo le preguntaba a su padre si quería cerveza.
La sorella chiedeva spesso al padre se voleva della birra.
Y ella misma se ofreció calurosamente a ir a buscar la cerveza.
E si offrì gentilmente di andare a prendere la birra lei stessa.
El padre siempre permanecía en silencio ante su petición.
Il padre rimase sempre in silenzio di fronte alla sua richiesta.
Así que la hermana tuvo que encontrar una manera de eliminar cualquier duda.
Quindi la sorella dovette trovare un modo per dissipare ogni dubbio.
Y ella dijo que enviaría a la criada a buscar algo de cerveza.
E disse che avrebbe mandato la cameriera a prendere della birra.
Pero entonces el padre finalmente dijo un gran y rotundo "no".
Ma poi il padre alla fine disse un sonoro "no".
Luego ya no se volvió a mencionar el tema de tomar una cerveza.
Poi non si è più parlato del fatto che lui bevesse una birra.
Ya había explicado anteriormente la situación financiera.
Aveva già spiegato in precedenza la situazione finanziaria.
De hecho, mencionó las finanzas el primer día.
Infatti, ha menzionato le finanze fin dal primo giorno.
Les hizo saber perfectamente cuáles eran las perspectivas.
Li rese ben consapevoli di quali fossero le prospettive.
Su propio negocio se había derrumbado hacía unos cinco años.
La sua attività era fallita circa cinque anni prima.
De vez en cuando se levantaba para abandonar la mesa.
Ogni tanto si alzava per lasciare il tavolo.
Y se dirigió a la caja registradora de su antiguo negocio.
E andò alla cassa della sua vecchia attività.
Había salvado la caja registradora por sentimentalismo.
Aveva conservato il registratore di cassa per sentimentalismo.

Gregor lo oyó abrir una cerradura pesada y complicada.
Gregor lo sentì aprire una serratura pesante e complicata.
Y sacó recibos y libros de la caja.
E tirò fuori le ricevute e i libri dalla cassa.
Después de tomar los objetos volvió a cerrar la caja fuerte.
Dopo aver preso gli oggetti, chiuse di nuovo la cassetta dei contanti.
Gregor no había tenido buenas noticias desde su encarcelamiento.
Gregor non aveva ricevuto buone notizie da quando era stato imprigionato.
Pensó que el negocio había llevado a la quiebra a su padre.
Pensava che l'attività avesse portato suo padre alla bancarotta.
El padre seguramente le había dado esa impresión a Gregor.
Il padre aveva certamente dato a Gregor questa impressione.
Y Gregor nunca le preguntó más sobre las finanzas.
E Gregor non gli chiese più nulla delle finanze.
Gregor quería hacer todo lo posible para ayudar a la familia.
Gregor voleva fare tutto il possibile per aiutare la famiglia.
Quería ayudarlos a olvidar la desgracia empresarial.
Voleva aiutarli a dimenticare la sfortuna aziendale.
La quiebra que provocó la desesperanza más completa.
Il fallimento che ha portato alla completa disperazione.
Así que empezó a trabajar con una pasión muy especial.
così cominciò a lavorare con una passione tutta speciale.
Se había convertido en un vendedor ambulante casi de la noche a la mañana.
Era diventato un commesso viaggiatore quasi da un giorno all'altro.
Antes de eso, sólo había trabajado como empleado con un salario bajo.
Prima di allora aveva lavorato solo come impiegato mal pagato.
Ahora tenía oportunidades de ingresos completamente diferentes.
Ora aveva opportunità di guadagno completamente diverse.

Las ventas exitosas podrían convertirse inmediatamente en efectivo.
Le vendite andate a buon fine potrebbero essere immediatamente convertite in denaro.
El dinero en efectivo, por supuesto, se paga con sus comisiones.
Il denaro, ovviamente, viene pagato tramite le sue commissioni.
Ahora Gregor podía poner dinero en la mesa familiar.
Ora Gregor poteva mettere soldi sul tavolo della famiglia.
Y estaban asombrados y contentos con sus ganancias.
E rimasero stupiti e felici dei suoi guadagni.
Pero esos tiempos hermosos no se repetirán nuevamente.
Ma quei bei momenti non si ripeteranno più.
Apenas se habían acostumbrado a esos buenos tiempos.
Si erano appena abituati a questi bei momenti.
Cada día de pago la familia aceptaba el dinero con gratitud.
Ogni giorno di paga la famiglia accettava il denaro con gratitudine.
Y Gregor estaba igualmente feliz de entregar el dinero.
E Gregor fu altrettanto felice di consegnare il denaro.
Pero el cálido afecto que recibía a cambio fue muriendo lentamente.
Ma il caldo affetto ricambiato lentamente si spense.
Sólo su hermana permaneció tan cerca de Gregor como antes.
Solo la sorella rimase vicina a Gregor come prima.
Ella, a diferencia de Gregor, tenía un profundo aprecio por la música.
A differenza di Gregor, lei nutriva un profondo apprezzamento per la musica.
Y ella sabía tocar el violín de una manera muy conmovedora.
E sapeva suonare il violino in modo molto toccante.
Gregor planeó en secreto enviarla a la escuela de música.
Gregor progettava segretamente di mandarla a una scuola di musica.
Aún no había decidido cómo pagaría los gastos.

Non aveva ancora deciso come avrebbe pagato le spese.

Pero de una forma u otra cubriría los costos.

Ma in un modo o nell'altro avrebbe coperto i costi.

De vez en cuando Gregor y su familia hacían pequeños viajes.

Di tanto in tanto Gregor e la famiglia facevano delle brevi gite.

Gregor y su hermana abordaron este tema con frecuencia.

Gregor e la sorella sollevavano spesso l'argomento.

Pero sólo se mencionó como una idea maravillosa.

Ma è stata sempre menzionata come un'idea meravigliosa.

Realmente no creían que el sueño pudiera realizarse.

Non credevano davvero che il sogno potesse realizzarsi.

Y a los padres no les gustaban esas ambiciones fantasiosas.

E ai genitori non piacevano ambizioni così fantasiose.

Incluso cuando el tema se planteó de manera muy inocente.

Anche quando l'argomento è stato sollevato in modo molto innocente.

Pero Gregor seguía pensando en la escuela de música.

Ma Gregor continuava a pensare alla scuola di musica.

Y tenía pensado anunciar el regalo en Nochebuena.

E aveva intenzione di annunciare il regalo la vigilia di Natale.

Por supuesto, en su estado actual sería imposible.

Naturalmente, nelle sue attuali condizioni, sarebbe impossibile.

Pero ese tipo de pensamientos pasaban por su cabeza.

Ma pensieri di questo tipo gli passavano per la testa.

Y tenía estos pensamientos mientras escuchaba a la familia.

E questi erano i pensieri che gli venivano in mente mentre ascoltava la famiglia.

A veces se cansaba demasiado para seguir escuchándolos.

A volte era troppo stanco per continuare ad ascoltarli.

Su cabeza cayó contra la puerta por el cansancio.

La sua testa cadde contro la porta per la stanchezza.

Pero inmediatamente volvió a apoyar la cabeza contra la puerta.

Ma subito rimise la testa contro la porta.

Porque incluso el ruido más leve se podía oír afuera.

Perché all'esterno si poteva udire anche il più piccolo rumore.
Y cualquier ruido que hacía hacía que la familia se quedara en silencio.
E qualsiasi rumore facesse avrebbe fatto tacere la famiglia.
"¿Qué está haciendo ahora?" preguntó el padre a la familia.
"Cosa sta facendo adesso?" chiese il padre alla famiglia.
Y fue a la puerta para comprobar qué era aquel ruido.
E andò alla porta per controllare cosa fosse quel rumore.
Y luego la conversación interrumpida se reanudó gradualmente.
E poi la conversazione interrotta riprese gradualmente.
Pero lo que dijo el padre sorprendió positivamente a todos.
Ma ciò che disse il padre sorprese positivamente tutti.
Gregor ahora conoció la verdadera situación de las finanzas.
Gregor ora conosceva la vera situazione finanziaria.
A pesar de todas las desgracias, hubo algo de buena suerte.
Nonostante tutte le disgrazie, ci fu anche un po' di fortuna.
Aún quedaba allí una muy pequeña fortuna de los viejos tiempos.
Una piccola fortuna dei vecchi tempi era ancora lì.
El padre explicó las cosas, pero tuvo que repetirlas.
Il padre spiegò le cose, ma dovette ripeterle.
Porque hacía tiempo que no se ocupaba de estas cosas.
Perché da un po' non si occupava più di queste cose.
Y porque la madre no entendía tales cosas.
E perché la madre non capiva queste cose.
Los tipos de interés del banco habían subido un poco.
I tassi di interesse della banca erano leggermente aumentati.
El dinero intacto había aumentado más de lo esperado.
Il denaro non utilizzato era aumentato più del previsto.
Además Gregor siempre les había dado sus ahorros.
Inoltre Gregor aveva sempre donato loro i suoi risparmi.
Sólo había conservado unos pocos florines para sí.
Aveva sempre tenuto per sé solo pochi fiorini.
Y su dinero aún no se había agotado por completo.
E i suoi soldi non erano stati utilizzati completamente.

En conjunto, este dinero se había acumulado hasta formar un pequeño capital.

Insieme, questo denaro si era accumulato fino a formare un piccolo capitale.

Gregor, detrás de su puerta, asintió con entusiasmo ante la noticia.

Gregor, dietro la porta, annuì con entusiasmo alla notizia.

Le agradó esta inesperada cautela y frugalidad.

Fu compiaciuto da questa inaspettata cautela e frugalità.

Los fondos sobrantes podrían haberse utilizado para pagar la deuda.

I fondi eccedenti avrebbero potuto essere utilizzati per pagare il debito.

Entonces ya no le deberían nada al patrón.

Allora non avrebbero più dovuto nulla al capo.

Y Gregor podría haber cambiado de trabajo mucho antes.

E Gregor avrebbe potuto cambiare lavoro molto prima.

Pero ahora la manera como el padre lo dispuso estaba mucho mejor.

Ma ora il modo in cui il padre aveva organizzato le cose era molto migliorato.

El dinero no era suficiente para vivir de los intereses.

Il denaro non era sufficiente per vivere di interessi.

Y había que reservar algo de dinero para emergencias.

E bisognava mettere da parte una parte di denaro per le emergenze.

Sólo habría sido suficiente dinero para uno o dos años.

Sarebbero stati soldi sufficienti solo per un anno o due.

Esto significaba que alguien tenía que ganar dinero para que pudieran vivir.

Ciò significava che qualcuno doveva guadagnare soldi per permettergli di vivere.

El padre no estaba enfermo y era bastante fuerte.

Il padre non era malato ed era abbastanza forte.

Pero llevaba más de cinco años sin trabajo.

Ma era senza lavoro da più di cinque anni.

Y, debido a su edad, le quedaba poca confianza en sí mismo.

E, a causa della sua età, aveva poca fiducia in se stesso.

También había engordado mucho en los últimos tiempos.

Negli ultimi tempi aveva anche messo su molto peso.

Su vida siempre había sido ardua y sin éxito.

La sua vita è sempre stata dura e senza successi.

Y éstas habían sido las primeras vacaciones que había tenido.

E questa era stata la prima vacanza che avesse mai fatto.

Y sin estar ocupado se había vuelto bastante torpe.

E senza essere tenuto occupato era diventato piuttosto goffo.

¿Sería mejor si la anciana madre ganara el dinero?

Sarebbe meglio se fosse la vecchia madre a guadagnare i soldi?

La anciana madre que sufría de asma.

La vecchia madre che soffriva di asma.

La anciana madre que luchaba por subir las escaleras.

La vecchia madre che faceva fatica a salire le scale.

La anciana madre que pasaba el tiempo tumbada en el sofá.

La vecchia madre che passava il tempo sdraiata sul divano.

La anciana madre que prefería quedarse junto a la ventana.

La vecchia madre che preferiva stare vicino alla finestra.

Para poder recuperar el aliento cuando lo necesitara.

Così da poter riprendere fiato quando ne aveva bisogno.

¿Sería mejor si la hermana joven ganara el dinero?

Sarebbe meglio se fosse la sorella minore a guadagnare i soldi?

La hermana, que a sus diecisiete años era todavía apenas una niña.

La sorella, che a diciassette anni era ancora solo una bambina.

La hermana que sólo tuvo unos pocos placeres modestos.

La sorella che aveva solo pochi modesti piaceri.

La hermana a quien le gustaba principalmente tocar el violín.

La sorella a cui piaceva soprattutto suonare il violino.

Ella sabía que su anterior forma de vida era muy envidiable;

Sapeva che il suo precedente stile di vita era molto invidiabile;

Vestirse bien, levantarse tarde, ayudar en la casa.

Vestirsi bene, svegliarsi tardi, aiutare in casa.

La conversación a menudo giraba en torno a la necesidad de ganar dinero.

La conversazione spesso si spostava sulla necessità di guadagnare denaro.

Gregor siempre era el primero en soltar la puerta.

Gregor era sempre il primo a lasciare la porta.

La conversación lo puso caliente de vergüenza y dolor.

Quella conversazione lo fece sentire pieno di vergogna e di dolore.

Entonces se dejó caer en el refrescante sofá de cuero.

Così si gettò sul fresco divano di pelle.

Y a menudo pasaba el resto de la noche en el sofá.

E spesso trascorreva il resto della notte sul divano.

Nunca durmió realmente en el sofá, ni tampoco por la noche.

Non dormiva mai veramente sul divano, né di notte.

A menudo, simplemente se quedaba rascando el cuero durante horas y horas.

Spesso si limitava a grattare la pelle per ore e ore.

Otras veces empujaba el sillón hacia la ventana.

Altre volte spingeva la poltrona verso la finestra.

Esto solo requirió un gran esfuerzo de su parte.

Solo questo richiese un grande sforzo da parte sua.

El sillón le ayudó a subirse al alféizar de la ventana.

La poltrona lo aiutò a salire sul davanzale della finestra.

Y desde allí pudo apoyarse en la ventana.

E da lì poté appoggiarsi alla finestra.

Solía sentir una gran sensación de libertad al hacer esto.

Provava un grande senso di libertà nel fare questo.

Quizás estaba buscando algún viejo sentimiento liberador.

Forse stava cercando qualche vecchia sensazione liberatoria.

Pero su visión no era tan nítida como solía ser.

Ma la sua vista non era più acuta come un tempo.

Las cosas a cierta distancia se veían borrosas e indistintas.

Le cose a una certa distanza erano sfocate e indistinte.

Ya no podía ver el hospital al otro lado de la calle.

Non riusciva più a vedere l'ospedale dall'altra parte della strada.

Antes había maldecido la vista, ahora quería verla.
Prima aveva maledetto il panorama, ora voleva vederlo.
Sabía que vivía en la tranquila y urbana Charlottenstrasse.
Sapeva di vivere nella tranquilla e urbana Charlottenstrasse.
Pero podría haber pensado que estaba mirando el desierto.
Ma forse pensava di trovarsi nel deserto.
Un páramo donde el cielo gris y la tierra gris se fusionaban.
Una landa desolata dove il cielo grigio e la terra grigia si
fondono.
**La atenta hermana notó dos veces que la silla se había
movido.**
Per due volte la sorella attenta notò che la sedia si era spostata.
Después de ordenar, empujó la silla hacia la ventana.
Dopo aver riordinato, spinse la sedia verso la finestra.
Y a partir de ahora incluso dejó la ventana abierta.
E da quel momento in poi lasciò persino la finestra aperta.
**Gregor realmente hubiera deseado poder hablar con su
hermana.**
Gregor avrebbe davvero voluto poter parlare con sua sorella.
Quería agradecerle por todo lo que hizo por él.
Voleva ringraziarla per tutto quello che aveva fatto per lui.
Entonces habría tolerado más fácilmente sus servicios.
Allora avrebbe tollerato più facilmente i loro servizi.
Pero tal como estaban las cosas, él sufrió por su ayuda.
Ma, stando così le cose, lui soffriva perché lei lo aiutava.
La hermana, por supuesto, intentó disimular la vergüenza.
La sorella, naturalmente, cercò di nascondere l'imbarazzo.
**Y ella hizo todo lo posible para fingir que no se sentía
agobiada.**
E fece del suo meglio per fingere di non sentirsi oppressa.
Por supuesto, esto es algo que tenía que practicar primero.
Naturalmente questa è una cosa che ha dovuto prima mettere
in pratica.
Y cuanto más tiempo pasaba, mejor lo hacía.
E più passava il tempo, più diventava brava.
**Pero a Gregor también se le dio más tiempo para ver su
pretensión.**

Ma a Gregor fu anche concesso più tempo per vedere la sua finzione.

Incluso su entrada a su habitación fue una prueba para él.

Per lui, perfino il suo ingresso nella sua stanza era un calvario.

Tan pronto como entró, corrió directamente a la ventana.

Appena entrata, corse direttamente alla finestra.

Ni siquiera se tomó el tiempo de cerrar la puerta.

Non si prese nemmeno il tempo di chiudere la porta.

Normalmente ella evitaba que todos vieran la habitación de Gregor.

Di solito risparmiava a tutti la vista della stanza di Gregor.

Y abrió la ventana de golpe con manos apresuradas.

E spalancò la finestra con mani frettolose.

Luego volvió a respirar como si se estuviera asfixiando.

Poi riprese a respirare come se stesse soffocando.

El aire que entraba era frío y ella respiraba profundamente.

L'aria che entrava era fredda e lei respirò profondamente.

Pero aún así se quedó junto a la ventana por un rato.

Ma nonostante ciò rimase per un po' vicino alla finestra.

Con esta rutina asustaba a Gregor dos veces al día.

Con questa routine spaventava Gregor due volte al giorno.

Mientras ella estaba en la habitación él temblaba debajo del sofá.

Mentre lei era nella stanza, lui tremava sotto il divano.

Él sabía que a ella le habría gustado ahorrarle esa terrible experiencia.

Sapeva che lei avrebbe voluto risparmiargli quella dura prova.

Pero ella no podía estar en la habitación con la ventana cerrada.

Ma non poteva restare nella stanza con la finestra chiusa.

Hubo una ocasión en que ella llegó un poco antes.

Una volta arrivò un po' prima.

Probablemente alrededor de un mes después de la transformación de Gregor.

Probabilmente circa un mese dopo la trasformazione di Gregor.

Ella se había acostumbrado un poco a su nueva apariencia.

Si era in qualche modo abituata al suo nuovo aspetto.

Así que ya no tenía por qué estar particularmente sorprendida.

Quindi non aveva più motivo di essere particolarmente scioccata.

Ella lo encontró todavía mirando por la ventana, inmóvil.

Lo trovò ancora immobile a fissare fuori dalla finestra.

Estaba en el lugar más horrible en el que podría haber estado.

Si trovava nel posto più orribile in cui potesse trovarsi.

No le habría sorprendido si ella no hubiera entrado.

Non si sarebbe sorpreso se lei non fosse entrata.

Donde le impidió abrir la ventana.

Dove le è stato impedito di aprire la finestra.

Ella salió rápidamente de la habitación y cerró la puerta.

Uscì rapidamente dalla stanza e chiuse la porta.

Un extraño podría haber llegado a todo tipo de conclusiones.

Uno sconosciuto avrebbe potuto giungere a conclusioni di ogni tipo.

Quizás sólo estaba esperando la oportunidad de morderla.

Forse stava solo aspettando l'occasione giusta per morderla.

Gregor, por supuesto, se escondió inmediatamente debajo del sofá.

Gregor, naturalmente, si nascose subito sotto il divano.

Pero tuvo que esperar hasta el mediodía para que su hermana regresara.

Ma dovette aspettare fino a mezzogiorno perché la sorella tornasse.

Y ella parecía mucho más inquieta que de costumbre.

E sembrava molto più irrequieta del solito.

Se dio cuenta de que verlo todavía era insoportable.

Si rese conto che la sua vista era ancora insopportabile.

Verlo seguiría siendo insoportable para ella.

La sua vista sarebbe rimasta per lei insopportabile.

Probablemente no podría soportar ver ninguna parte de él.

Probabilmente non avrebbe potuto sopportare di vedere nessuna parte di lui.

Siempre sobresalía una pequeña parte de debajo del sofá.
Da sotto il divano sporgeva sempre una piccola parte.
Un día llevó una sábana sobre su espalda hasta el sofá.
Un giorno si mise un lenzuolo sulla schiena e andò sul divano.
Quería evitar que ella viera cualquier parte de él.
Voleva risparmiarle di vedere qualsiasi parte di lui.
Él dispuso la sábana de tal manera que todo él quedara oculto.
Sistemò il lenzuolo in modo da nascondersi completamente.
Incluso si se agachara no podría verlo.
Anche se si fosse chinata non sarebbe riuscita a vederlo.
Todo el esfuerzo le llevó a Gregor más de tres horas.
L'intero sforzo richiese a Gregor più di tre ore.
Quizás pensó que la sábana era innecesaria.
Forse pensava che il lenzuolo fosse superfluo.
Ella habría sabido que él no quería la sábana.
Avrebbe saputo che lui non voleva il lenzuolo.
Lo hacía para su comodidad, no para la suya propia.
Lo faceva per il suo comfort, non per se stesso.
Y podría haber quitado la sábana si hubiera querido.
E avrebbe potuto togliere il lenzuolo se avesse voluto.
Pero dejó la sábana donde Gregor la había puesto.
Ma lasciò il lenzuolo dove l'aveva messo Gregor.
Y Gregor incluso creyó haber captado una mirada de agradecimiento.
E Gregor pensò addirittura di aver colto uno sguardo riconoscente.
Había levantado suavemente la sábana con la cabeza.
Aveva sollevato delicatamente il lenzuolo con la testa.
Quería ver si a su hermana le gustaba el arreglo.
Voleva vedere se alla sorella piaceva la soluzione.

Las dos primeras semanas fueron las más difíciles para los padres.
Le prime due settimane sono state le più difficili per i genitori.
No pudieron animarse a entrar y verlo.
Non riuscirono a convincersi ad entrare e a vederlo.

Escuchó muchas de sus conversaciones en ese momento.
In quel periodo origliò molte delle loro conversazioni.
Reconocieron plenamente todo lo que hacía la hermana.
Riconobbero pienamente tutto ciò che la sorella stava facendo.
Aunque solían estar molestos con ella a menudo.
Anche se spesso si irritavano con lei.
Porque ella parecía ser una chica un tanto inútil.
Perché sembrava una ragazza un po' inutile.
Ahora eran ellos quienes esperaban al otro lado de la habitación.
Adesso erano loro ad aspettare dall'altra parte della stanza.
Y fue ella quien entró en la habitación a hacer todo.
Ed è stata lei ad entrare nella stanza per fare tutto.
Tan pronto como salió quisieron saberlo todo.
Non appena uscì, vollero sapere tutto.
Tenía que decirles exactamente cómo era la habitación.
Doveva dire loro esattamente come appariva la stanza.
¿Qué comió Gregor? ¿Cómo se comportó esta vez?
"Cosa ha mangiato Gregor? Come si è comportato questa volta?"
"¿Quizás se notó una ligera mejoría?"
"C'è stato forse un piccolo miglioramento da notare?"
La madre, por cierto, fue en realidad más valiente.
La madre, tra l'altro, era in realtà più coraggiosa.
Y por supuesto, era su propio hijo el que estaba dentro de la habitación.
E naturalmente nella stanza c'era suo figlio.
En realidad quería visitar a Gregor relativamente pronto.
In realtà voleva andare a trovare Gregor abbastanza presto.
Pero al principio el padre y la hermana la frenaron.
Ma inizialmente il padre e la sorella la trattennero.
Le dieron argumentos muy racionales para que no fuera.
Hanno avanzato argomentazioni molto razionali per convincerla a non andare.
Gregor escuchó con mucha atención sus razonamientos.
Gregor ascoltò molto attentamente il loro ragionamento.
Y él aceptó el razonamiento tanto como su madre.

E lui accettò il ragionamento tanto quanto sua madre.
Pero más tarde hubo que retenerla por la fuerza.
In seguito, però, dovette essere trattenuta con la forza.
"¡Déjame entrar con Gregor, es mi desdichado hijo!"
"Fammi entrare da Gregor, è il mio sfortunato figlio!"
-¿No entiendes que tengo que ir a verlo?
"Non capisci che devo andare a trovarlo?"
Gregor también se dejó convencer por los argumentos de su madre.
Anche Gregor si lasciò convincere dalle argomentazioni della madre.
Quizás tenía razón: sería bueno que entrara.
Forse aveva ragione: sarebbe stato bello se fosse intervenuta.
Venir a verlo todos los días sería demasiado.
Venire a trovarlo ogni giorno sarebbe davvero troppo.
Pero verlo una vez a la semana podría ser suficiente.
Ma vederlo una volta a settimana potrebbe essere sufficiente.
Ella podría entender las cosas mucho mejor que la hermana.
Forse capisce le cose molto meglio della sorella.
A pesar de todo su coraje, ella todavía era sólo una niña.
Nonostante tutto il suo coraggio, era ancora solo una bambina.
Quizás la imprudencia infantil la impulsó a aceptar esa tarea.
Forse è stata la sua infantile imprudenza a spingerla ad accettare questo compito.
Pero el deseo de Gregor de ver a su madre pronto se hizo realidad.
Ma il desiderio di Gregor di rivedere la madre si avverò presto.
Durante el día Gregor se mantenía alejado de la ventana.
Durante il giorno Gregor si teneva lontano dalla finestra.
Lo hizo por consideración a sus padres.
Lo fece per riguardo verso i suoi genitori.
No tenía mucho espacio para arrastrarse por el suelo.
Non aveva molto spazio per strisciare sul pavimento.
Le resultaba difícil permanecer quieto durante la noche.
Trovava difficile restare fermo durante la notte.

Comer ya no le producía el más mínimo placer.

Mangiare non gli dava più il minimo piacere.

Por supuesto que tenía que encontrar alguna manera de distraerse.

Naturalmente doveva trovare un modo per distrarsi.

Para entretenerse se arrastraba por las paredes.

Per divertirsi, strisciava su e giù lungo i muri.

Y también se arrastró por el techo, boca abajo.

E strisciò anche lungo il soffitto, a testa in giù.

Estaba especialmente feliz cuando colgaba del techo.

Era particolarmente felice quando era appeso al soffitto.

Fue completamente diferente a estar tendido en el suelo.

Era completamente diverso dallo stare sdraiati sul pavimento.

Le resultó mucho más fácil respirar en esta posición.

In questa posizione trovò molto più facile respirare.

Una ligera pero agradable vibración recorrió su cuerpo.

Una leggera ma piacevole vibrazione gli percorse il corpo.

A veces incluso se relajaba demasiado en su felicidad.

A volte si abbandonava persino troppo alla sua felicità.

A veces se distraía y se soltaba del techo.

A volte si distraeva e si lasciava andare al soffitto.

Y para su propia sorpresa, aterrizó de nuevo en el suelo.

E con sua grande sorpresa atterrò di nuovo a terra.

Pero tenía mucho mejor control de su cuerpo que antes.

Ma ora aveva un controllo del suo corpo molto migliore di prima.

Para que ahora no se haga daño con caídas tan fuertes.

Quindi non si è fatto male in cadute così gravi.

La hermana notó inmediatamente el nuevo placer de Gregor.

La sorella notò subito il nuovo piacere di Gregor.

Y había restos de adhesivo donde se había arrastrado.

E c'erano tracce di adesivo nei punti in cui aveva strisciato.

Aquí nuevamente la hermana pensó en el bienestar de Gregor.

Anche in questo caso la sorella pensò al benessere di Gregor.

Quizás apreciaría más espacio para gatear.

Forse apprezzerebbe avere più spazio per gattonare.

Y la idea se instaló firmemente en su cabeza.
E l'idea si fissò saldamente nella sua testa.
Algunos de los muebles de gran tamaño impedían su libre movimiento.
Alcuni dei mobili di grandi dimensioni gli impedivano di muoversi liberamente.
Ya no trabajaba así que no necesitaba el escritorio.
Non lavorava più, quindi non aveva più bisogno della scrivania.
Y la caja ocupaba más espacio del necesario. ***
E la scatola occupava più spazio del necessario. ***
La hermana no era capaz de mover estas cosas sola.
La sorella non era in grado di spostare queste cose da sola.
Por supuesto que no se atrevió a pedirle ayuda al padre.
Naturalmente non osò chiedere aiuto al padre.
La criada seguramente tampoco la habría ayudado.
Nemmeno la cameriera l'avrebbe certamente aiutata.
La nueva criada era de hecho un año más joven que ella.
La nuova cameriera era in realtà più giovane di lei di un anno.
Ella había asumido valientemente el papel de ex sirvienta.
Aveva coraggiosamente assunto il ruolo dell'ex cameriera.
Pero había un privilegio que ella insistía en tener.
Ma c'era un privilegio che lei insisteva ad avere.
Ella quería mantener la cocina cerrada en todo momento.
Voleva tenere la cucina sempre chiusa a chiave.
Así que la hermana no tuvo más remedio que preguntarle a su madre.
Così la sorella non ebbe altra scelta che chiedere alla madre.
Con gritos de emocionada alegría la madre acudió a ayudar.
Con grida di gioia eccitata la madre venne ad aiutarlo.
Pero ella se quedó en silencio en la puerta de la habitación de Gregor.
Ma sulla porta della stanza di Gregor tacque.
La hermana comprobó que todo en la habitación estuviera bien.
La sorella controllò che tutto nella stanza andasse bene.

Gregor había tirado apresuradamente la sábana aún más fuerte.
Gregor aveva tirato ancora più stretto il lenzuolo in fretta.
Aunque la sábana todavía parecía colocada al azar.
Anche se il lenzuolo sembrava ancora disposto in modo casuale.
Y sólo entonces dejó que su madre entrara en la habitación.
E solo allora lasciò entrare sua madre nella stanza.
Gregor también se abstuvo de espiar desde debajo de la sábana.
Gregor si astenne anche dallo spiare da sotto il lenzuolo.
Decidió no volver a ver a su madre esta vez.
Questa volta decise di rinunciare a vedere sua madre.
Gregor estaba muy contento de que ella hubiera entrado.
Gregor era già abbastanza contento che lei fosse entrata.
"Pasa, no puedes verlo", dijo la hermana.
«Entra pure, non puoi vederlo», disse la sorella.
Gregor supuso que ella llevaba a su madre de la mano.
Gregor pensò che fosse lei a condurre la madre per mano.
Entonces escuchó a las dos mujeres débiles moviendo los muebles.
Poi sentì le due donne deboli spostare i mobili.
La hermana parecía reclamar la mayor parte del trabajo para ella misma.
Sembrava che la sorella si attribuisse la maggior parte del lavoro.
Su madre temía que se esforzara demasiado.
Sua madre temeva che si sarebbe sforzata troppo.
Pero la hermana no hizo caso a estas advertencias.
Ma la sorella non prestò attenzione a questi avvertimenti.
Pero incluso después de quince minutos el progreso era muy lento.
Ma anche dopo quindici minuti i progressi erano molto lenti.
No habían conseguido mover los muebles muy lejos.
Non erano riusciti a spostare molto lontano i mobili.
Poco a poco empezaron a sentir una sensación de derrota.
Cominciavano lentamente a provare un senso di sconfitta.

La madre fue la primera en admitir la inutilidad.
La madre fu la prima ad ammettere l'inutilità di tutto ciò.
"Quizás sería mejor dejar la caja aquí."
"Forse sarebbe meglio lasciare la scatola qui."
"La caja es demasiado pesada para que podamos moverla mucho más lejos".
"La scatola è troppo pesante perché possiamo spostarla più lontano."
"Y no terminaremos antes de que llegue tu padre."
"E non finiremo prima che arrivi tuo padre."
Dejar la caja aquí le bloquearía aún más el camino.
"Lasciare la scatola qui gli bloccherebbe ancora di più la strada.
"¿Y podemos estar seguros de que le estamos haciendo un favor?"
"E possiamo essere sicuri che gli stiamo facendo un favore?"
Comenzaron a pensar que bien podría ser cierto lo opuesto.
Cominciarono a pensare che potesse essere vero il contrario.
La visión de la pared vacía pesó mucho en su corazón.
La vista del muro vuoto le pesava sul cuore.
¿Quién diría que Gregor no se sentiría así también?
Chissà se anche Gregor non la penserebbe allo stesso modo?
"Ya está acostumbrado a los muebles de su habitación."
"È già abituato ai mobili della sua stanza."
"Podría sentirse aún más abandonado en una habitación vacía".
"Potrebbe sentirsi ancora più abbandonato in una stanza vuota."
Para entonces su voz se había reducido casi a un susurro.
Ormai la sua voce si era quasi abbassata fino a diventare un sussurro.
En realidad no sabía el paradero exacto de Gregor.
In realtà non sapeva esattamente dove si trovasse Gregor.
Ella no quería ni siquiera que él escuchara el sonido de su voz.
Non voleva nemmeno che lui sentisse il suono della sua voce.
Aunque ella estaba segura de que él no la entendía.

Sebbene fosse certa che lui non la capisse.

"¿No parecería como si lo hubiéramos abandonado por completo?"

"Non sembrerebbe che abbiamo rinunciato completamente a lui?"

"¿No sentirá que lo estamos dejando solo?"

"Non avrà la sensazione che lo stiamo lasciando solo a cavarsela?"

"Deberíamos dejar la habitación exactamente como estaba".

"Dovremmo lasciare la stanza esattamente com'era."

"Al final Gregor volverá con nosotros como antes."

"Alla fine Gregor tornerà da noi com'era prima."

"Entonces encontrará que todo sigue en su lugar."

"Allora scoprirà che tutto è ancora al suo posto."

"Y olvidará mucho más fácilmente el período interino".

"E dimenticherà molto più facilmente il periodo provvisorio."

Cuando Gregor escuchó estas palabras se dio cuenta de algo.

Quando Gregor udì queste parole, capì una cosa.

Su mente se había vuelto confusa durante los últimos dos meses.

Negli ultimi due mesi la sua mente era diventata confusa.

La falta de interacción humana no había sido buena para él.

La mancanza di interazione umana non gli aveva fatto bene.

Realmente necesitaba la vida monótona en medio de su familia.

Aveva davvero bisogno della vita monotona in famiglia.

¿Por qué si no habría hecho una exigencia tan absurda?

Altrimenti perché avrebbe fatto una richiesta così assurda?

¿Qué sentido tenía vaciar su habitación?

Che senso aveva svuotare la sua stanza?

La cómoda habitación amueblada con muebles heredados.

La confortevole camera è arredata con mobili ereditati.

¿Por qué querría convertir ese calor conocido en una cueva?

Perché mai avrebbe voluto trasformare questo calore noto in una grotta?

Una cueva donde poder arrastrarse en todas direcciones en paz.

Una grotta dove poteva strisciare in tutte le direzioni in pace.

Pero una cueva en la que olvidó rápidamente su pasado humano.

Ma una grotta in cui dimenticò rapidamente il suo passato umano.

Tuvo que preguntarse si ya estaba cerca de olvidar.

Doveva chiedersi se non fosse già vicino a dimenticare.

La voz de su madre lo había sacudido y lo había hecho recordar.

La voce di sua madre lo aveva scosso, facendogli ricordare.

La voz que no había oído durante tanto tiempo.

La voce che non sentiva da tanto tempo.

No había que quitar nada, todo tenía que quedar.

Non si doveva togliere nulla, tutto doveva restare.

Los muebles influyeron positivamente en su condición.

L'arredamento influì positivamente sulle sue condizioni.

Y no podría vivir sin este ancla en el pasado.

E non avrebbe potuto farcela senza questo ancoraggio al passato.

Los muebles impedían que se arrastrara sin sentido.

I mobili gli impedivano di strisciare in giro senza senso.

Pero eso no fue una pérdida, sino más bien una gran ventaja.

Ma questa non fu una perdita, anzi, fu un grande vantaggio.

Lamentablemente la hermana tenía una opinión muy diferente.

Purtroppo la sorella aveva un'opinione molto diversa.

Ella se había convertido en una especie de portavoz de Gregor.

Era diventata in un certo senso la portavoce di Gregor.

Por supuesto que su opinión no era del todo injustificada.

Naturalmente la sua opinione non era del tutto ingiustificata.

Pero aquí la opinión de su madre tuvo que ser contradicha.

Ma qui l'opinione della madre doveva essere contraddetta.

Ahora no era solo la caja la que había que retirar.

Ora non era solo la scatola a dover essere rimossa.

Ni su escritorio ni el armario podían permanecer allí.

Nemmeno la scrivania e l'armadio potevano restare lì.

Lo único imprescindible era el sofá.

L'unica cosa indispensabile era il divano.

Ella no decidió esto sólo por desafío infantil.

Non ha preso questa decisione solo per un sentimento di sfida infantile.

Tampoco fue su recientemente adquirida confianza en sí misma.

E non era nemmeno merito della fiducia in se stessa che aveva acquisito di recente.

La nueva confianza que tuvo que trabajar muy duro para ganar.

La nuova sicurezza che aveva ottenuto lavorando così duramente per vincere.

Aunque nadie esperaba que ella pudiera hacerlo.

Anche se nessuno si aspettava che lei ci riuscisse.

Gregor realmente necesitaba mucho espacio para gatear.

Gregor aveva davvero bisogno di molto spazio per gattonare.

Los muebles sólo limitaban el espacio del que disponía.

L'arredamento limitava solo lo spazio a sua disposizione.

Ella podía ver estas cosas mejor que la madre.

Lei riusciva a vedere queste cose meglio della madre.

Pero quizá su espíritu romántico también jugó un papel.

Ma forse anche il suo spirito romantico ha avuto un ruolo.

Las niñas de esa edad suelen desarrollar cierto entusiasmo.

Le ragazze di quell'età spesso provano un certo entusiasmo.

Y sienten la necesidad de salirse con la suya siempre que pueden.

E sentono il bisogno di ottenere ciò che vogliono ogni volta che possono.

Quizás por eso quería sabotearlo en secreto.

Forse è per questo che voleva sabotarlo segretamente.

Es aún más aterrador cuando se arrastra por las paredes.

È ancora più terrificante quando striscia sui muri.

Los padres ya no se atrevían a entrar en la habitación.

I genitori non osavano più entrare nella stanza.

Ella realmente sería la única cuidadora de su hermano.

Sarebbe stata davvero l'unica a prendersi cura del fratello.

Ella no dejó que su madre la persuadiera de lo contrario.

Non si lasciò convincere dalla madre del contrario.

La madre de Gregor ya se sentía incómoda en la habitación.

La madre di Gregor si sentiva già a disagio nella stanza.

Pronto dejó de hablar y ayudó nuevamente a su hija.

Ben presto smise di parlare e aiutò di nuovo la figlia.

Con las fuerzas que les quedaban retiraron el armario.

Con le forze rimaste, tolsero l'armadio.

La cómoda era algo de lo que podía prescindir.

La cassettiera era qualcosa di cui poteva fare a meno.

Pero el escritorio tendría que quedarse allí por el momento.

Ma per il momento la scrivania doveva restare lì.

Mientras las mujeres estaban ausentes, trató de evaluar la habitación.

Mentre le donne erano via, cercò di valutare la stanza.

Y Gregor asomó la cabeza por debajo del sofá.

E Gregor sporse la testa da sotto il divano.

Tenía que ver qué podía hacer con la situación.

Doveva vedere cosa poteva fare per risolvere la situazione.

Pero fue lo más cuidadoso y considerado posible.

Ma lui era il più attento e premuroso possibile.

Desgraciadamente fue la madre quien regresó primero.

Sfortunatamente fu la madre a tornare per prima.

Grete todavía estaba moviendo el armario en la habitación de al lado.

Grete stava ancora spostando l'armadio nella stanza accanto.

Pero la madre no estaba acostumbrada a ver a Gregor.

Ma la madre non era abituata alla vista di Gregor.

Incluso un simple vistazo a él podría haberla enfermado.

Anche solo vederlo avrebbe potuto farla ammalare.

Gregor se apresuró a retroceder hasta el otro extremo del sofá.

Gregor corse indietro verso l'estremità più lontana del divano.

Pero no podía retroceder y equilibrar la sábana.

Ma non riusciva a tornare indietro e a tenere in equilibrio il lenzuolo.

El movimiento fue suficiente para llamar la atención de la madre.

Il movimento fu sufficiente per attirare l'attenzione della madre.

Ella hizo una pausa y se quedó muy quieta por un breve momento.

Fece una pausa e rimase immobile per un breve momento.

Luego se dio la vuelta y salió de la habitación.

Poi si voltò e uscì di nuovo dalla stanza.

Gregor seguía diciéndose a sí mismo que no había ocurrido nada inusual.

Gregor continuava a ripetersi che non era successo niente di insolito.

"Son sólo algunos muebles que se han llevado".

"Sono solo alcuni mobili che sono stati portati via."

Pero pronto tuvo que admitir que los acontecimientos le afectaron.

Ma ben presto dovette ammettere che quegli eventi lo avevano colpito.

Las mujeres habían estado diciendo todo lo que estaban haciendo.

Le donne avevano detto tutto quello che facevano.

Habían estado caminando de un lado a otro por la habitación.

Camminavano avanti e indietro per la stanza.

El rayado de todos los muebles en el suelo.

Il rumore di tutti i mobili sul pavimento.

Se sentía como si lo atacaran desde todos lados.

Si sentiva come se fosse assalito da ogni parte.

Apretó la cabeza y las piernas lo más fuerte que pudo.

Tirò la testa e le gambe più forte che poté.

Con todas sus fuerzas presionó su cuerpo contra el suelo.

Con tutte le sue forze premette il suo corpo a terra.

Sabía que no podría soportar todo esto por mucho más tiempo.

Sapeva che non avrebbe potuto sopportare tutto questo ancora a lungo.

Vaciaron su habitación y se llevaron todo lo que amaba.
Svuotarono la sua stanza e gli portarono via tutto ciò che amava.
Ya se habían llevado la caja que contenía todas sus herramientas.
Avevano già preso la scatola contenente tutti i suoi attrezzi.
Ahora estaban aflojando su pesado escritorio del suelo.
Ora stavano staccando la sua pesante scrivania da terra.
El escritorio en el que había trabajado después de regresar del trabajo.
La scrivania su cui aveva lavorato dopo essere tornato dal lavoro.
El escritorio en el que había escrito sus tareas comerciales.
La scrivania su cui aveva scritto i suoi compiti di lavoro.
El escritorio en el que había hecho sus deberes en la escuela secundaria.
La scrivania su cui aveva fatto i compiti alle scuole medie.
Sí, ya había tenido este pupitre en la escuela primaria.
Sì, aveva già avuto questa scrivania alle elementari.
Realmente no tuvo tiempo de confirmar sus buenas intenciones.
Non ebbe davvero il tempo di confermare le loro buone intenzioni.
Aunque ya casi había olvidado que estaban allí.
Anche se in ogni caso aveva quasi dimenticato che fossero lì.
Porque trabajaban en silencio, por el cansancio.
Perché lavoravano in silenzio, per sfinimento.
Estaban demasiado cansados para anunciar sus movimientos ahora.
Erano troppo stanchi per annunciare i loro movimenti.
Lo único que oyó fueron sus pesados pasos en el suelo.
Tutto ciò che sentiva erano i loro passi pesanti sul pavimento.
Justo en ese momento estaban apoyados sobre la caja.
Proprio in quel momento si erano appoggiati alla scatola.
Y entonces Gregor salió de debajo del sofá.
Fu allora che Gregor uscì da sotto il divano.
Cambió la dirección en la que corría cuatro veces.

Cambiò la direzione in cui stava correndo quattro volte.

No podía decidir qué elemento debía salvarse primero.

Non riusciva a decidere quale oggetto dovesse essere salvato per primo.

De repente su atención se dirigió a la pared vacía.

All'improvviso la sua attenzione fu attirata dalla parete vuota.

Lo único que le quedó fue la fotografía de la dama con pieles.

Tutto ciò che gli avevano lasciato era la foto della signora con la pelliccia.

Se arrastró hasta la imagen para presionar su cuerpo contra el de ella.

Strisciò fino alla foto per premere il suo corpo contro di lei.

Y su cuerpo cubrió completamente la vista de la imagen.

E il suo corpo copriva completamente la vista dell'immagine.

El vaso lo sostuvo y reconfortó su vientre caliente.

Il vetro lo sostenne e confortò il suo ventre caldo.

Esta fotografía ya no se la pudieron quitar.

Questa foto non poteva più essergli tolta.

Luego giró la cabeza hacia la puerta de la sala de estar.

Poi girò la testa verso la porta del soggiorno.

Iba a observar mientras las mujeres regresaban a la habitación.

Voleva guardare le donne tornare nella stanza.

Y no descansaron mucho antes de regresar nuevamente.

E non si riposarono a lungo prima di tornare di nuovo.

El brazo de Grete rodeaba a su madre para ayudarla a caminar.

Grete teneva il braccio intorno alla madre per aiutarla a camminare.

"¿Qué nos llevamos ahora?" dijo Grete y miró a su alrededor.

"Cosa prendiamo adesso?" chiese Grete guardandosi intorno.

Justo en ese momento su mirada se encontró con los ojos de Gregor.

Proprio in quel momento il suo sguardo incontrò quello di Gregor.

A pesar del shock, mantuvo la presencia de ánimo.

Nonostante lo shock, mantenne la calma.
Probablemente sólo por la presencia de su madre.
Probabilmente solo per la presenza della madre.
Ella inclinó su rostro hacia su madre, cubriéndole la vista.
Chinò il viso verso la madre, coprendole la vista.
Y entonces dijo, aunque temblorosa y desconsiderada:
E poi disse, sebbene tremante e spensierata:
-Vamos, ¿no deberíamos volver a la sala de estar?
"Dai, non dovremmo tornare in soggiorno?"
Gregor podía comprender fácilmente las intenciones de la hermana.
Gregor poteva facilmente comprendere le intenzioni della sorella.
Su primera prioridad fue poner a su madre a salvo.
La sua prima priorità era portare in salvo sua madre.
Pero luego ella iba a perseguirlo desde la pared.
Ma poi lei lo avrebbe inseguito giù dal muro.
«¡Pues claro que puede intentarlo!», pensó Gregor para sus adentros.
"Beh, può certamente provarci!" pensò Gregor tra sé e sé.
Se sentó firmemente sobre su imagen y no renunció a ella.
Restò fermo sulla sua immagine e non la lasciò andare.
Preferiría haberle saltado en la cara a la hermana.
Avrebbe preferito saltare in faccia alla sorella.
Pero las palabras de Grete preocuparon aún más a su madre.
Ma le parole di Grete avevano preoccupato ancora di più sua madre.
Ella se hizo a un lado para ver lo que le ocultaban.
Si fece da parte per vedere cosa le veniva nascosto.
Y vio la mancha marrón en el papel pintado floreado.
E vide la macchia marrone sulla carta da parati a fiori.
Y ella gritó antes de darse cuenta de que era Gregor.
E urlò prima ancora di rendersi conto che si trattava di Gregor.
"Oh Dios", gritó con los brazos extendidos.
"Oh Dio", urlò con le braccia tese.
Y ella se dejó caer en el sofá como si se hubiera rendido.
E cadde sul divano come se si fosse arresa.

—¡Gregor! —gritó la hermana levantando el puño.

«Gregor!» gli gridò la sorella alzando il pugno.

Y ella le dirigió una mirada larga, dura y penetrante.

E gli lanciò uno sguardo lungo, duro e penetrante.

Esta era la primera vez que hablaba con él directamente.

Era la prima volta che gli parlava direttamente.

Corrió a la habitación de al lado para conseguir algunas sales aromáticas.

Corse nella stanza accanto per prendere dei sali aromatici.

Tenía que devolverle la conciencia a su madre.

Dovette far riprendere conoscenza alla madre.

Gregor quería ayudar, podría salvar la imagen más tarde.

Gregor voleva aiutare, avrebbe potuto salvare la foto più tardi.

Pero él se había quedado firmemente pegado al cristal.

Ma lui era rimasto saldamente incastrato nel vetro.

Entonces tuvo que apartarse usando mucha fuerza.

Così dovette liberarsi con molta forza.

Él también corrió a la habitación de al lado, donde estaba la hermana.

Anche lui corse nella stanza accanto, dove si trovava la sorella.

En el pasado podría haberle dado algún consejo.

Ai vecchi tempi avrebbe potuto darle qualche consiglio.

Pero ahora no podía hacer nada más que quedarse de brazos cruzados y observar.

Ma ora non poteva fare altro che restare a guardare senza far niente.

Revolvió el cajón y abrió varias botellas.

Frugò nel cassetto, aprendo diverse bottiglie.

Y todavía la asustó cuando ella se dio la vuelta.

E lui continuava a spaventarla quando si girava.

Una botella cayó al suelo, se rompió y se astilló.

Una bottiglia cadde a terra, si ruppe e si scheggiò.

Una astilla de vidrio golpeó la cara de Gregor y lo hirió.

Una scheggia di vetro colpì il viso di Gregor e lo ferì.

La botella contenía algún tipo de líquido cáustico.

La bottiglia conteneva una specie di liquido caustico.

Y ahora el líquido corrosivo quemaba la cara de Gregor.

E ora il liquido corrosivo stava bruciando il viso di Gregor.

Sin embargo, la hermana no tenía tiempo para Gregor en ese momento.

Ma in quel momento la sorella non aveva tempo per Gregor.

Ella recogió tantas botellas como pudo.

Raccolse quante più bottiglie poté.

Y ella corrió de nuevo hacia su madre con la medicina.

E corse indietro dalla madre con la medicina.

Ella cerró la puerta con el pie, dejando afuera a Gregor.

Sbatté la porta con il piede, chiudendo fuori Gregor.

Ahora estaba separado de su madre, que estaba potencialmente moribunda.

Ora era tagliato fuori dalla madre, che stava per morire.

Si abriera la puerta, echaría a la hermana.

Se avesse aperto la porta avrebbe cacciato via la sorella.

Pero por supuesto tuvo que quedarse para cuidar a la madre.

Ma naturalmente doveva restare per prendersi cura della madre.

Ya no podía hacer nada más que esperarlos.

Ormai non poteva fare altro che aspettarli.

Acosado por el autorreproche y la ansiedad, comenzó a gatear.

Tormentato dall'ansia e dall'autocommiserazione, cominciò a gattonare.

Se arrastró por todas partes: las paredes, los muebles, el techo.

Strisciava ovunque: sui muri, sui mobili, sul soffitto.

Sintió como si toda la habitación girara a su alrededor.

Aveva la sensazione che l'intera stanza gli girasse intorno.

Finalmente, desesperado y mareado, volvió a caer.

Alla fine, disperato e stordito, ricadde.

Y cayó justo encima de la gran mesa del comedor.

E cadde proprio sopra il grande tavolo della sala da pranzo.

Pasó algún tiempo tendido allí, entumecido e incapaz de moverse.

Rimase lì sdraiato per un po' di tempo, intorpidito e incapace di muoversi.

Estaba exhausto por todo lo que el día le había traído.
Era esausto per tutto quello che quella giornata gli aveva portato.
Todo estaba tranquilo, pero tal vez eso era una buena señal.
Tutto intorno regnava il silenzio, ma forse era un buon segno.
Entonces, rompiendo el silencio, sonó el timbre de la puerta de afuera.
Poi, rompendo il silenzio, suonò il campanello fuori.
La criada, por supuesto, se había encerrado en su cocina.
La cameriera, naturalmente, si era chiusa a chiave in cucina.
Así que la hermana era la única que podía abrir la puerta.
Quindi la sorella era l'unica che poteva aprire la porta.
"¿Qué pasó?" fue lo primero que preguntó el padre.
"Cosa è successo?" fu la prima cosa che chiese il padre.
La aparición de Grete probablemente le había dicho todo.
L'aspetto di Grete probabilmente gli aveva detto tutto.
La voz de Grete se volvió apagada y apagada mientras hablaba.
La voce di Grete divenne ovattata e spenta mentre parlava.
Ella debió haber presionado su cara contra el pecho de su padre.
Deve aver premuto il viso contro il petto del padre.
"La madre estaba inconsciente, pero ahora se siente mejor".
"La mamma era priva di sensi, ma ora si sente meglio."
—Gregor ha escapado —añadió, tal como él esperaba.
«Gregor è scappato», aggiunse, cosa che lui si aspettava.
"Siempre te dije que algún día se escaparía."
"Ti ho sempre detto che un giorno sarebbe scappato."
—Pero vosotras, las mujeres, no quisisteis escucharme, ¿verdad?
"Ma voi donne non avete voluto ascoltarmi, vero?"
Gregor se dio cuenta rápidamente de cómo vería las cosas su padre.
Gregor capì subito come avrebbe visto le cose suo padre.
Había malinterpretado el mensaje demasiado breve de Grete.
Aveva interpretato male il messaggio troppo breve di Grete.

Supuso que Gregor había cometido algún acto de violencia.

Supponeva che Gregor avesse commesso qualche atto di violenza.

Gregor tenía que encontrar una manera de apaciguar a su padre de alguna manera.

Gregor doveva trovare un modo per placare in qualche modo il padre.

Porque no tuvo tiempo de explicarle las cosas.

Perché non aveva tempo di spiegargli le cose.

Pero de todos modos no habría podido explicar las cosas.

Ma in ogni caso non sarebbe stato in grado di spiegare le cose.

Entonces huyó hacia la puerta y se pegó a ella.

Allora corse verso la porta e vi si premette contro.

De esa manera su padre podría verlo desde la antesala.

In questo modo suo padre poteva vederlo dall'anticamera.

Y podría ver que tenía las mejores intenciones.

E avrebbe potuto vedere che aveva le migliori intenzioni.

No había necesidad de empujarlo con una escoba.

Non c'era bisogno di respingerlo con una scopa.

Lo único que el padre habría tenido que hacer era abrir la puerta.

Tutto ciò che il padre avrebbe dovuto fare era aprire la porta.

Pero él no estaba de humor para notar tales sutilezas.

Ma non era dell'umore giusto per notare tali sottigliezze.

"¡Ahí estás!" exclamó nada más entrar.

«Eccoti!» esclamò appena entrato.

Era como si estuviera enojado y feliz al mismo tiempo.

Era come se fosse arrabbiato e felice allo stesso tempo.

Echó la cabeza hacia atrás y miró al padre.

Tirò indietro la testa e guardò il padre.

No se había imaginado que su padre estuviera allí así.

Non avrebbe mai immaginato che suo padre si trovasse lì in piedi in quelle condizioni.

Pero en los últimos tiempos había encontrado una nueva distracción.

Ma negli ultimi tempi aveva trovato una nuova distrazione.

Gatear ahora ocupaba gran parte de su día.

Ora gattonare occupava gran parte della sua giornata.

Antes, él estaba al tanto de todas las novedades que ocurrían en el apartamento.

Prima teneva traccia di tutte le novità nell'appartamento.

Pero últimamente no había estado prestando tanta atención.

Ma ultimamente non ci aveva prestato molta attenzione.

Debería haber estado preparado para afrontar los cambios.

Avrebbe dovuto essere preparato ad affrontare i cambiamenti.

Sin embargo, ¿era este hombre que tenía delante todavía el padre?

Ma quest'uomo davanti a lui era ancora il padre?

¿Era él el mismo hombre que solía yacer cansado en su cama?

Era lo stesso uomo che giaceva stanco nel suo letto?

Cuando Gregor ya se había ido de viaje de negocios.

Quando Gregor era già partito per un viaggio d'affari.

¿Era él el mismo hombre que lo saludaba por las noches?

Era lo stesso uomo che lo accoglieva la sera?

Cuando estaba en bata en su sillón.

Quando era in vestaglia, nella sua poltrona.

¿Era el mismo hombre que no pudo levantarse a darle la bienvenida?

Era lo stesso uomo che non riusciva ad alzarsi per accoglierlo?

Entonces, permaneciendo sentado, levantó el brazo en señal de alegría.

Così, restando seduto, alzò il braccio in segno di gioia.

¿Era el mismo hombre con el que salía a caminar de vez en cuando?

Era lo stesso uomo con cui andava a fare qualche passeggiata ogni tanto?

En raras ocasiones: algunos domingos al año o días festivos.

In rare occasioni: qualche domenica all'anno o nei giorni festivi.

¿Era el mismo hombre que caminaba envuelto en su abrigo?

Era lo stesso uomo che camminava avvolto nel suo cappotto?

¿Avanzó lentamente, entre la madre y él?

Ha partorito lentamente, tra lui e la madre?

Y ellos ya caminaban lentamente por causa de él.

E già camminavano lentamente a causa sua.

Pero ahora este hombre estaba de pie, fuerte y erguido.

Ma ora quest'uomo era in piedi, forte e in posizione eretta.

Estaba vestido con un uniforme azul con botones dorados.

Indossava un'uniforme blu con bottoni dorati.

Botones que llevan los empleados de las instituciones bancarias.

Bottoni indossati dai dipendenti degli istituti bancari.

Por encima del rígido cuello emergía su fuerte papada.

Sopra il colletto rigido emergeva il suo marcato doppio mento.

Bajo sus pobladas cejas se asomaban sus ojos negros.

Sotto le folte sopracciglia, i suoi occhi neri guardavano fuori.

Ahora sus ojos parecían penetrantes, frescos y alertas.

Ora i suoi occhi apparivano penetranti, freschi e attenti.

El cabello blanco, anteriormente despeinado, fue peinado hacia abajo.

I capelli bianchi, precedentemente spettinati, vennero pettinati verso il basso.

Y su cabello ahora tenía una meticulosa raya central.

E ora i suoi capelli avevano una meticolosa riga centrale.

Arrojó su sombrero, que estaba adornado con un monograma dorado.

Lanciò il suo cappello, sul quale era impresso un monogramma dorato.

Probablemente era el monograma del banco en el que trabajaba.

Probabilmente era il monogramma della banca per cui lavorava.

Y el sombrero aterrizó en el sofá, para guardarlo más tarde.

E il cappello atterrò sul divano, per essere riposto più tardi.

Empujó hacia atrás la parte inferior de la larga chaqueta del uniforme.

Tirò indietro il fondo della lunga giacca dell'uniforme.

Y metió los pulgares en los bolsillos de sus pantalones.

E infilò i pollici nelle tasche dei pantaloni.

Y luego, con cara sombría, caminó hacia Gregor.

E poi, con un'espressione severa, si diresse verso Gregor.

Probablemente ni siquiera sabía lo que planeaba hacer.

Probabilmente non sapeva nemmeno cosa stava progettando di fare.

Pero aún así levantó los pies inusualmente alto.

Ma nonostante ciò sollevò i piedi insolitamente in alto.

Gregor estaba asombrado por el enorme tamaño de sus botas.

Gregor rimase stupito dalle enormi dimensioni dei suoi stivali.

Pero realmente no había tiempo para maravillarse con sus zapatos.

Ma non c'era davvero tempo per ammirare le sue scarpe.

El padre había decidido aplicar una disciplina muy estricta.

Il padre aveva deciso di adottare una disciplina molto severa.

Para Gregor sólo era apropiada la mayor severidad.

Per Gregor era appropriata solo la massima severità.

Él lo sabía desde el primer día de su transformación.

Lo sapeva fin dal primo giorno della sua trasformazione.

Corrió hacia su padre y se detuvo cuando él se detuvo.

Corse da suo padre e si fermò quando lui si fermò.

Corrió hacia él nuevamente cuando se movió de nuevo.

Si precipitò di nuovo verso di lui quando lui si mosse di nuovo.

El padre se detuvo un momento y Gregor también.

Il padre si fermò un attimo, e così fece Gregor.

Y corrió hacia adelante nuevamente tan pronto como su padre se movió.

E si lanciò di nuovo in avanti non appena suo padre si mosse.

De esta manera dieron varias vueltas alrededor de la habitación.

In questo modo girarono più volte intorno alla stanza.

Nadie había conseguido aún ninguna ventaja decisiva.

Nessuno aveva ancora ottenuto un vantaggio decisivo.

No se podría haber tenido la impresión de una persecución.

Non si poteva avere l'impressione di un inseguimento.

Porque todo el acontecimiento se estaba produciendo demasiado lentamente.

Perché l'intero evento si stava svolgendo troppo lentamente.

Gregor había decidido quedarse en tierra.

Gregor aveva deciso che sarebbe rimasto a terra.

Podría haber corrido por las paredes y a lo largo del techo.

Avrebbe potuto correre lungo le pareti e lungo il soffitto.

Pero no quería provocar al padre innecesariamente.

Ma non voleva provocare inutilmente il padre.

Una huida así podría haber parecido especialmente perversa.

Una fuga del genere sarebbe potuta sembrare particolarmente malvagia.

Gregor admitió que esta persecución no podía durar mucho más.

Gregor ammise che questo inseguimento non sarebbe durato ancora a lungo.

Cada paso debía ir acompañado de una miríada de movimientos.

Ogni passo doveva essere accompagnato da una miriade di movimenti.

Ya empezaba a sentir falta de aire.

Cominciava già ad avere difficoltà a respirare.

Incluso antes nunca había tenido unos pulmones completamente confiables.

Anche prima non aveva mai avuto polmoni completamente affidabili.

Avanzó tambaleándose, guardando sus fuerzas para la carrera.

Barcollò avanti, risparmiando le forze per la corsa.

Estaba tan cansado que apenas podía mantener los ojos abiertos.

Era così stanco che riusciva a malapena a tenere gli occhi aperti.

Sus pensamientos se volvieron demasiado lentos para pensar en otras escapatorias.

I suoi pensieri divennero troppo lenti per pensare ad altre vie di fuga.

Casi había olvidado que los muros estaban a su disposición.

Aveva quasi dimenticato che le pareti erano a sua disposizione.

Pero de todos modos las paredes estaban ocultas detrás de los muebles.

Ma le pareti erano comunque nascoste dietro i mobili.

Y los muebles tenían demasiadas muescas y protuberancias.

E i mobili avevano troppe tacche e sporgenze.

Y luego, justo a su lado, rodando, había una manzana.

E poi, proprio accanto a lui, rotolava una mela.

La manzana debió haberle sido arrojada, se dio cuenta.

Si rese conto che la mela doveva essere stata lanciata contro di lui.

Pero no tuvo tiempo de pensar antes de que llegara otra manzana.

Ma non ebbe il tempo di pensare prima che arrivasse un'altra mela.

Gregor se quedó paralizado por la nueva estrategia del padre.

Gregor rimase immobile per lo shock della nuova strategia del padre.

Ya no podía ganar nada intentando huir.

Non poteva più trarre alcun vantaggio dal tentativo di scappare.

El padre había decidido bombardearlo con fruta.

Il padre aveva deciso di bombardarlo di frutta.

Se había llenado los bolsillos con lo que había en el frutero de la cocina.

Si era riempito le tasche con la frutta presa dalla fruttiera della cucina.

Sin apuntar especialmente, lanzó manzana tras manzana.

Senza mirare particolarmente, lanciava una mela dopo l'altra.

Estas pequeñas manzanas rojas rodaban por el suelo.

Queste piccole mele rosse rotolavano per terra.

Como si estuvieran electrificadas, las manzanas chocaron entre sí.

Come se fossero elettrizzate, le mele si scontrarono tra loro.

Una de las manzanas lanzadas débilmente rozó la espalda de Gregor.

Una delle mele lanciate debolmente sfiorò la schiena di Gregor.

Afortunadamente para él, la manzana se deslizó sin sufrir daño.

Fortunatamente per lui, la mela scivolò via senza farsi male.

Sin embargo, la manzana lanzada después fue más precisa.

Tuttavia, la mela lanciata dopo era più precisa.

Y esta manzana se alojó profundamente en la espalda de Gregor.

E questa mela si conficcò profondamente nella schiena di Gregor.

Gregor quería alejarse del dolor.

Gregor voleva allontanarsi dal dolore.

Quizás se pueda escapar de este nuevo e increíble dolor.

Forse si potrebbe sfuggire a questo nuovo, incredibile dolore.

Quizás un cambio de ubicación aliviaría su agonía.

Forse un cambio di luogo avrebbe alleviato la sua agonia.

Pero se sentía como si lo hubieran clavado al suelo.

Ma si sentiva come se fosse stato inchiodato al pavimento.

Se estiró, pero sólo debido a su confusión.

Si allungò, ma solo a causa della confusione.

Sólo con su última mirada vio que la puerta se abría.

Solo con l'ultima occhiata vide la porta aprirsi.

La madre corrió hacia su hermana, que gritaba.

La madre corse fuori davanti alla sorella urlante.

La hermana la había desnudado, por lo que estaba en camisa.

La sorella l'aveva spogliata, quindi era in camicia.

Había necesitado respirar en su inconsciencia.

Aveva bisogno di respirare nel suo stato di incoscienza.

Todavía veía cómo la madre corría hacia el padre.

Vide ancora la madre correre verso il padre.

Sus faldas se deslizaron hasta el suelo, una tras otra.

Le sue gonne scivolarono a terra, una dopo l'altra.

La vio acercarse al padre y tropezar con su falda.

La vide avvicinarsi al padre e inciampare nella sua gonna.

Abrazándolo, pidió que le perdonaran la vida a Gregor.

Abbracciandolo, chiese che la vita di Gregor fosse risparmiata.

En completa unión con su cuerpo, su vista falló.

In completa unione con il corpo, la sua vista cessò.

Tercera parte
Parte terza

Gregor sufrió la grave lesión durante más de un mes.

Gregor ha riportato questo grave infortunio per oltre un mese.

La manzana quedó incrustada; nadie se atrevió a sacarla.

La mela rimase incastrata; nessuno osò rimuoverla.

La manzana permaneció en su carne como un recordatorio visible.

La mela rimase nella sua carne come visibile ricordo.

Pero la manzana también sirvió como recordatorio para el padre.

Ma la mela serviva anche come promemoria per il padre.

Se dio cuenta de que no debía tratar a Gregor como a un enemigo.

Capì che Gregor non doveva essere trattato come un nemico.

Actualmente su apariencia puede ser triste y repugnante.

Al momento il suo aspetto potrebbe essere triste e disgustoso.

Pero aún así, seguía siendo un miembro de su familia.

Ma nonostante tutto, era pur sempre un membro della loro famiglia.

Había que aceptar la reticencia y tolerarla.

La riluttanza doveva essere ingoiata e tollerata.

Debido a su herida, es posible que haya perdido su movilidad para siempre.

A causa della ferita, la sua mobilità potrebbe essere persa per sempre.

Todavía gateaba por su habitación, pero mucho más lento.

Continuava a gattonare nella sua stanza, ma molto più lentamente.

Arrastrarse a cualquier altura estaba fuera de cuestión.

Strisciare a qualsiasi altezza era fuori questione.

Pero Gregor recibió algún tipo de compensación.

Ma Gregor ricevette una qualche forma di risarcimento.

Por la noche se le abrió la puerta del salón.

La sera gli aprirono la porta del soggiorno.

Y consideró que estas reparaciones eran completamente adecuadas.
E riteneva che queste riparazioni fossero del tutto adeguate.
Antes del anochecer ya había empezado a vigilar la puerta.
Prima di sera aveva già iniziato a sorvegliare la porta.
Él yacía en la oscuridad, invisible desde la sala de estar.
Giaceva nell'oscurità, invisibile dal soggiorno.
Pudo ver a toda la familia en la mesa iluminada.
Poteva vedere tutta la famiglia seduta al tavolo illuminato.
Ahora se le permitió escuchar sus conversaciones.
Ora gli era permesso ascoltare le loro conversazioni.
Esto fue bastante diferente a su arreglo anterior.
Questa era una situazione molto diversa dalla precedente.
Las animadas conversaciones de tiempos pasados habían terminado.
Le vivaci conversazioni di un tempo erano finite.
Éstas eran las conversaciones que tanto anhelaba.
Erano queste le conversazioni che un tempo desiderava ardentemente.
Cuando dormía solo en pequeñas habitaciones de hotel.
Quando dormiva da solo in piccole stanze d'albergo.
Cuando tuvo que arrojarse entre las sábanas húmedas.
Quando doveva gettarsi nelle lenzuola umide.
Pero ahora las tardes eran en su mayoría tranquilas y sin acontecimientos.
Ma ormai le serate erano per lo più tranquille e senza eventi.
El padre se quedó dormido en su sillón después de cenar.
Dopo cena il padre si addormentò sulla poltrona.
Y la madre y la hermana se animaban mutuamente a guardar silencio.
E la madre e la sorella si esortavano a vicenda a fare silenzio.
La madre, inclinada hacia la luz, cosía lino.
La madre, china sulla luce, cuciva la biancheria.
Ahora ella hace vestidos para una de las tiendas de moda.
Ora realizza abiti per uno dei negozi di moda.
Al igual que Gregor, la hermana había conseguido un trabajo como vendedora.

Come Gregor, anche la sorella aveva accettato un lavoro come commessa.

Ella estaba aprendiendo taquigrafía y francés por las tardes.

La sera imparava la stenografia e il francese.

Para que más adelante pudiera tal vez conseguir un mejor puesto de trabajo.

Così che in seguito avrebbe potuto trovare un lavoro migliore.

A veces el padre se despertaba de sus siestas nocturnas.

A volte il padre si svegliava dal suo riposino serale.

"¡Cariño, ya llevas un buen rato cosiendo hoy!"

"Tesoro, hai già cucito per così tanto tempo oggi!"

Parecía haber olvidado que había estado durmiendo.

Sembrava essersi dimenticato di aver dormito.

Pero inmediatamente volvió a caer en un sueño profundo.

Ma subito ricadde nel sonno.

Y la madre y la hermana se sonrieron cansadamente.

E la madre e la sorella si sorrisero stancamente.

El padre había desarrollado una extraña y nueva terquedad.

Il padre aveva sviluppato una strana, nuova testardaggine.

Incluso en casa se negó a quitarse el uniforme de sirviente.

Anche a casa si rifiutava di togliersi l'uniforme da servitore.

Y su bata colgaba inútilmente en la percha.

E la sua vestaglia pendeva inutilmente dalla gruccia.

Así pues, el padre dormía, completamente vestido, en su sillón.

Così il padre dormiva, completamente vestito, nella sua poltrona.

Era como si siempre estuviera dispuesto a prestar su servicio.

Era come se fosse sempre pronto a rendere il suo servizio.

Como si estuviera esperando la voz de su superior.

Come se stesse solo aspettando la voce del suo superiore.

Esto provocó que su uniforme perdiera su limpieza.

Ciò fece sì che la sua uniforme perdesse la sua pulizia.

Aunque el uniforme tampoco era nuevo cuando lo recibió.

Anche se l'uniforme non era nuova quando l'ha ricevuta.

Y la madre hizo todo lo posible para cuidar el uniforme.

E la madre fece del suo meglio per prendersi cura
dell'uniforme.

Gregor pasaba tardes enteras mirando este uniforme.

Gregor passava intere serate a guardare questa uniforme.

Observó cómo el anciano dormía de manera muy incómoda.

Osservò il vecchio dormire in modo molto scomodo.

Pero mientras dormía también notó algo pacífico.

Ma nel sonno notò anche qualcosa di pacifico.

Cuando el reloj dio las diez la madre intentó despertarlo.

Quando l'orologio suonò le dieci, la madre cercò di svegliarlo.

Ella habló en voz baja y lo convenció de ir a la cama.

Parlò a bassa voce e lo convinse ad andare a letto.

Porque dormir en el sillón no era dormir de verdad.

Perché dormire sulla poltrona non era un vero sonno.

Iba a tener que empezar a trabajar a las seis en punto.

Avrebbe dovuto iniziare a lavorare alle sei.

Así que realmente necesitaba dormir lo mejor posible.

Quindi aveva davvero bisogno di dormire il più possibile.

Pero una nueva forma de terquedad se apoderó de él.

Ma era stato preso da una nuova forma di testardaggine.

**Convertirse en sirviente había comenzado a tener ese efecto
en él.**

Diventare un servitore aveva cominciato ad avere questo
effetto su di lui.

Así que siempre insistía en quedarse más tiempo en la mesa.

Per questo insisteva sempre per restare più a lungo a tavola.

**Aunque con regularidad volvía a quedarse dormido en su
silla.**

Anche se poi si addormentava regolarmente sulla sedia.

Y sólo con la mayor dificultad pudo ser movido.

E poteva essere spostato solo con grandissima difficoltà.

Tuvieron que decirle que la cama sería mejor para él.

Bisognava dirgli che il letto sarebbe stato meglio per lui.

**Madre y hermana tuvieron que insistir con pequeñas
advertencias.**

La madre e la sorella dovettero insistere con piccoli
avvertimenti.

Durante quince minutos se limitó a menear lentamente la cabeza.

Per quindici minuti scosse lentamente la testa.

Y mantuvo los ojos cerrados y se negó a levantarse.

E lui teneva gli occhi chiusi e si rifiutava di alzarsi.

La madre tiró de su manga, suavemente, pero con firmeza.

La madre gli tirò la manica, delicatamente ma con fermezza.

Y ella susurró palabras halagadoras en sus oídos cansados.

E gli sussurrò parole lusinghiere nelle orecchie stanche.

La hermana abandonó la tarea que tenía entre manos para ayudar a su madre.

La sorella lasciò il compito che stava svolgendo per aiutare la madre.

Pero ninguno de sus esfuerzos funcionó con el padre.

Ma nessuno dei loro sforzi funzionò sul padre.

Se hundió aún más en su silla, preparado para dormir.

Si sprofondò ancora di più nella sedia, pronto a dormire.

Y finalmente las mujeres lo agarraron por las axilas.

E infine le donne lo afferrarono sotto le ascelle.

Abrió los ojos y los miró alternativamente.

Aprì gli occhi e li guardò alternativamente.

"¡Qué vida ésta!" se quejó al irse a dormir.

"Che vita è questa!" si lamentò andando a letto.

"¿Es esta la paz que me ha sido dada en mi vejez?"

"È questa la pace che mi è stata data nella mia vecchiaia?"

Pero entonces, apoyándose en las dos mujeres, se levantó torpemente.

Ma poi, appoggiandosi alle due donne, si alzò goffamente.

Actuó como si llevara la carga más pesada.

Si comportò come se stesse portando il fardello più pesante.

Dejó que las dos mujeres lo guiaran hasta el final de la habitación.

Lasciò che le due donne lo conducessero in fondo alla stanza.

Allí les deseó buenas noches y continuó su camino.

Lì augurò loro la buonanotte e proseguì per conto suo.

Pero la madre rápidamente arrojó su kit de costura.

Ma la madre gettò via in fretta il suo kit da cucito.

Y la hermana también dejó el bolígrafo y el bloc de notas.

E anche la sorella posò la penna e il blocco note.

Y corrieron detrás del padre para ayudarle aún más.

E corsero dietro al padre per aiutarlo ulteriormente.

¿Quién en esta familia sobrecargada de trabajo tenía tiempo para Gregor?

Chi in questa famiglia oberata di lavoro aveva tempo per Gregor?

¿Quién podría haberle prestado más atención de la necesaria?

Chi avrebbe potuto prestargli più attenzione del necessario?

El presupuesto familiar se fue restringiendo cada vez más.

Il bilancio familiare divenne sempre più limitato.

Al final, para ahorrar dinero, tuvieron que despedir a la criada.

Alla fine, per risparmiare denaro, dovettero licenziare la cameriera.

Fue reemplazada por una mujer de cabello blanco y huesos gruesos.

Fu sostituita da una donna robusta e dai capelli bianchi.

Pero esta mujer venía sólo por la mañana y por la tarde.

Ma questa donna veniva solo la mattina e la sera.

Y todo el trabajo más pesado y duro quedó guardado para ella.

E tutto il lavoro più pesante e duro era riservato a lei.

La madre se encargaba de todos los demás quehaceres.

Tutte le altre faccende erano svolte dalla madre.

Incluso ocurrió que se vendieron varias joyas familiares.

Capitò addirittura che venissero venduti alcuni gioielli di famiglia.

Joyas que las mujeres lucieron felizmente durante las celebraciones.

Gioielli che le donne indossavano volentieri durante le celebrazioni.

Gregor aprendió esto en una de las discusiones generales.

Gregor lo apprese da una delle discussioni generali.

La mayor queja, sin embargo, fue otra.

La lamentela più grande, tuttavia, era un'altra.
El apartamento era demasiado grande, pero no podían mudarse.
L'appartamento era troppo grande, ma non potevano andarsene.
No había manera de que pudieran reubicar a Gregor.
Non c'era modo che potessero trasferire Gregor.
Pero Gregor se dio cuenta de que no era sólo una consideración.
Ma Gregor si rese conto che non si trattava solo di considerazione.
Algo más les impidió mudarse a otro lugar.
Qualcos'altro impedì loro di spostarsi altrove.
Podría haber sido fácilmente transportado en una caja adecuada.
Avrebbe potuto essere facilmente trasportato in una scatola adatta.
Sus sentimientos de completa desesperanza los frenaron.
Il loro senso di totale disperazione li trattenne.
No querían admitir que la desgracia les había golpeado.
Non volevano ammettere che la sfortuna li aveva colpiti.
Lo que el mundo exige de los pobres, ellos lo cumplen.
Ciò che il mondo chiede ai poveri, loro lo soddisfano.
El padre le preparó el desayuno al pequeño empleado del banco.
Il padre andò a prendere la colazione per il piccolo impiegato di banca.
La madre se sacrificó por la ropa de desconocidos.
La madre si è sacrificata per lavare i panni degli sconosciuti.
La hermana corría de un lado a otro para atender los pedidos de los clientes.
La sorella correva avanti e indietro per prendere le ordinazioni dei clienti.
Pero ya no tenían fuerzas para hacer más.
Ma non avevano più la forza di fare altro.
La herida en la espalda de Gregor comenzó a doler aún más.

La ferita sulla schiena di Gregor cominciò a fargli ancora più
male.
**Cada noche, la madre y la hermana llevaban al padre a la
cama.**
Ogni notte la madre e la sorella portavano il padre a letto.
Dejaron su trabajo donde estaba y se sentaron juntos.
Lasciarono il lavoro dov'era e si sedettero insieme.
Y se acercaron más y se sentaron mejilla contra mejilla.
E si avvicinarono ancora di più e si sedettero guancia a
guancia.
La madre señaló la habitación desde donde él observaba.
La madre indicò la stanza da dove lui osservava.
"¿Podrías cerrar la puerta?" le preguntó a la hermana.
"Potresti chiudere la porta?" chiese alla sorella.
Y entonces Gregor se quedó solo otra vez en la oscuridad.
E poi Gregor rimase di nuovo solo al buio.
Y en la habitación de al lado la mujer mezcló sus lágrimas.
E nella stanza accanto la donna mescolava le loro lacrime.
**O bien se quedaban sentados con los ojos secos,
simplemente mirando la mesa.**
Oppure restavano seduti con gli occhi asciutti, fissando
semplicemente il tavolo.
Gregor apenas durmió, ni de noche ni de día.
Gregor non dormiva quasi mai, né di notte né di giorno.
A menudo pensaba en cómo podría ayudar a la familia.
Pensava spesso a come avrebbe potuto aiutare la famiglia.
Pensó en ganar dinero nuevamente para ellos.
Pensò di guadagnare di nuovo quei soldi per loro.
Pensó en hacer lo que solía hacer por ellos.
Pensò di fare per loro quello che faceva prima.
En sus pensamientos regresó el representante autorizado.
Nei suoi pensieri tornò il rappresentante autorizzato.
Y esta vez el jefe también vino al apartamento.
E questa volta anche il capo è venuto nell'appartamento.
Y los oficinistas y los aprendices también estaban allí.
E c'erano anche gli impiegati e gli apprendisti.
Incluso el lento empleado de la oficina vino a verlo.

Persino il lento impiegato d'ufficio venne a trovarlo.

Había dos o tres amigos de otros negocios.

C'erano due o tre amici di altre aziende.

Una de las camareras de un hotel de provincias.

Una delle cameriere di un albergo di provincia.

Un recuerdo querido y fugaz al que intentó aferrarse.

Un ricordo caro e fugace a cui cercava di aggrapparsi.

Una cajera de una sombrerería para quien tenía intenciones.

Un cassiere di un negozio di cappelli verso il quale aveva delle intenzioni.

Pero había sido un poco lento en ganar su aprobación.

Ma era stato un po' troppo lento nel conquistare la sua approvazione.

Todos ellos aparecieron en sus pensamientos, mezclados con desconocidos.

Tutti apparivano nei suoi pensieri, mescolati a sconosciuti.

Y otros no aparecieron, ya estaban olvidados.

E altri non si sono fatti vedere: erano già stati dimenticati.

Pero no le ayudaron a él ni tampoco a la familia.

Ma non lo aiutarono, né aiutarono la famiglia.

Eran inaccesibles y él se alegró cuando se fueron.

Erano inaccessibili e lui fu contento quando se ne andarono.

No siempre estaba de humor para preocuparse por la familia.

Non era sempre dell'umore giusto per preoccuparsi della famiglia.

Y se llenó de rabia por la falta de atención.

E si riempì di rabbia per la mancanza di attenzione.

Y no podía imaginar nada que le apeteciera.

E non riusciva a immaginare nulla che gli facesse gola.

Pero aún así hizo planes para entrar en la despensa.

Ma continuava a progettare di introdursi nella dispensa.

Y él iba a tomar todo lo que se merecía.

E avrebbe preso tutto ciò che si meritava.

La hermana ya no hacía ningún esfuerzo especial por él.

La sorella non faceva più alcuno sforzo particolare per lui.

Ella ya no pasaba el tiempo pensando en complacerlo.

Non passava più tempo a pensare a come compiacerlo.
Antes de ir a trabajar, rápidamente metió algo de comida en la habitación.
Prima di andare al lavoro portò velocemente del cibo nella stanza.
Y por la noche volvió a barrer rápidamente la comida.
E la sera spazzò di nuovo velocemente il cibo.
Ya no se daba cuenta de si había comido o no.
Non si accorse più se lui avesse mangiato o meno.
En la actualidad, la mayoría de las veces la comida se dejaba intacta.
Ormai il cibo restava il più delle volte intatto.
Ella todavía barría rápidamente la habitación por la noche.
Anche la sera attraversava rapidamente la stanza.
Pero ahora hizo lo mínimo, lo más rápido posible.
Ma ora faceva il minimo indispensabile, il più velocemente possibile.
Quedaron vetas de suciedad corriendo por las paredes.
Lungo le pareti erano rimaste delle strisce di sporco.
Bolas de polvo y basura quedaron tiradas en el suelo.
Sul pavimento erano rimasti cumuli di polvere e spazzatura.
Gregor mostró su desaprobación por su falta de cuidado.
Gregor mostrò la sua disapprovazione per la sua mancanza di cure.
Se giró en un ángulo particularmente significativo.
Si girò con un'angolazione particolarmente significativa.
Pero podría haber permanecido en el puesto durante semanas.
Ma avrebbe potuto restare in quella posizione per settimane.
Su hermana no habría notado su insatisfacción.
Sua sorella non avrebbe notato la sua insoddisfazione.
Ella veía la suciedad tan bien como él, o incluso mejor.
Vedeva la terra altrettanto bene quanto lui, se non meglio.
Pero ella había decidido dejar la tierra donde estaba.
Ma aveva deciso di lasciare la terra dov'era.
En ese momento adoptó una sensibilidad completamente nueva.

A quel tempo adottò una sensibilità completamente nuova.
Ella había hecho de la limpieza de la habitación de Gregor su responsabilidad.
Si era fatta carico della pulizia della stanza di Gregor.
La familia se sintió conmovida por su amable consideración.
La famiglia è rimasta colpita dalla sua gentile premura.
Una vez, la madre le había dado a su habitación una limpieza a fondo.
Una volta la madre aveva pulito a fondo la sua stanza.
Sólo después de utilizar unos cuantos baldes de agua lo consiguió.
Ci riuscì solo dopo aver usato qualche secchio d'acqua.
Sin embargo, la nueva humedad en la habitación perjudicó a Gregor.
Tuttavia, la nuova umidità nella stanza nuoceva a Gregor.
Y él yacía ancho, amargado e inmóvil en el sofá.
E lui giaceva immobile, amareggiato e largo sul divano.
Pero ese fue sólo su primer castigo por ayudar.
Ma quella fu solo la prima punizione per averla aiutata.
La hermana notó rápidamente el cambio en la habitación de Gregor.
La sorella notò subito il cambiamento nella stanza di Gregor.
Y ella corrió a la sala, extremadamente insultada.
E corse in soggiorno, profondamente offesa.
Su madre levantó las manos y trató de implorarle.
Sua madre alzò le mani e cercò di implorarla.
Pero a pesar de una explicación sincera, ella rompió a llorar.
Ma nonostante una spiegazione sincera, scoppiò a piangere.
El padre, por supuesto, se sobresaltó y se levantó de la silla.
Il padre, naturalmente, si alzò di soprassalto dalla sedia.
Y los dos padres miraban asombrados e impotentes.
E i due genitori guardavano, stupiti e impotenti.
Y con el tiempo sus emociones también se agitaron.
E alla fine anche le loro emozioni si agitarono.
El padre reprochó a la madre lo que había hecho.
Il padre rimproverò la madre per ciò che aveva fatto.

"Deberías haber dejado la habitación para que Grete la
limpiara."
"Avresti dovuto lasciare la stanza a Grete perché la pulisse."
Grete le gritó a la madre por limpiar su habitación.
Grete urlò alla madre perché gli stava pulendo la stanza.
"¡Nunca más podrás limpiar su habitación!"
"Non ti sarà mai più permesso pulire la sua stanza!"
La madre intentó arrastrar al padre al dormitorio.
La madre ha cercato di trascinare il padre in camera da letto.
La hermana se quedó en la habitación, temblando y
sollozando.
La sorella rimase nella stanza, tremante e singhiozzante.
Y golpeó la mesa con sus pequeños puños.
E batté i suoi piccoli pugni sul tavolo.
Y Gregor, enojado, siseó fuertemente contra todos ellos.
E Gregor sibilò forte e arrabbiato contro tutti loro.
¿Por qué a nadie se le ocurrió cerrarle la puerta?
Perché nessuno aveva pensato di chiudergli la porta?
Podrían haberle ahorrado esta vista y este ruido.
Avrebbero potuto risparmiargli questa vista e questo rumore.
La hermana estaba agotada después de llegar a casa del
trabajo.
La sorella era esausta dopo essere tornata a casa dal lavoro.
Y cuidar a Gregor era aún más trabajo para ella.
E prendersi cura di Gregor era ancora più impegnativo per lei.
Pero eso no significaba que la madre debía haberlo hecho.
Ma ciò non significava che la madre avrebbe dovuto farlo.
A Gregor, por el contrario, no hay que descuidarlo.
Gregor, d'altra parte, non dovrebbe essere trascurato.
Pero ahora tenían una nueva criada que podía hacer esas
cosas.
Ma ora avevano una nuova domestica che sapeva fare queste
cose.
Una viuda anciana que tenía una estructura ósea robusta.
Un'anziana vedova dalla struttura ossea robusta.
Una estatura que la ayudó a sobrevivir a su difícil vida.

Una statura che l'ha aiutata a sopravvivere alla sua vita difficile.

Ella no sentía ninguna aversión real hacia la apariencia de Gregor.

Non provava alcuna vera avversione per l'aspetto di Gregor.

Ella había abierto accidentalmente la puerta de la habitación de Gregor.

Aveva aperto accidentalmente la porta della stanza di Gregor.

No fue por ninguna curiosidad particular sobre la habitación.

Non era dettato da una particolare curiosità per la stanza.

Ella simplemente estaba haciendo su trabajo y por casualidad abrió la puerta.

Stava semplicemente facendo il suo lavoro e per caso aprì la porta.

Gregor, por supuesto, quedó completamente sorprendido por ella.

Gregor, naturalmente, ne fu completamente sorpreso.

No lo perseguían, sino que corría de un lado a otro.

Non era inseguito, ma correva avanti e indietro.

Y ella simplemente cruzó sus brazos y lo observó gatear.

E lei incrociò le braccia e lo guardò strisciare.

Desde entonces ella siempre le abría un poquito la puerta.

Da allora, lei gli ha sempre aperto un po' la porta.

Una mañana ella entró para ver cómo estaba.

Una mattina andò a vedere come stava.

Y por la tarde ella fue a ver cómo estaba antes de irse.

E la sera andò a controllare come stava, prima di andarsene.

Al principio ella también intentó llamarlo para que viniera con ella.

All'inizio cercò anche di chiamarlo perché venisse da lei.

"¡Ven aquí, viejo escarabajo pelotero!", solía decir.

"Vieni qui, vecchio scarabeo stercorario!" diceva sempre.

O ella dijo, "¡mira ese viejo escarabajo pelotero!", amigablemente.

Oppure diceva gentilmente: "Guarda quel vecchio scarabeo stercorario!".

Gregor nunca reaccionó cuando le hablaron de esa manera.
Gregor non reagì mai quando gli si rivolse quel modo.
Él permaneció allí, sin moverse, y la ignoró.
Lui rimase lì, immobile, e la ignorò.
"Si le hubieran dicho cómo hacer correctamente su trabajo."
"Se solo le avessero detto come svolgere correttamente il suo lavoro."
"En lugar de molestarme debería limpiar mi habitación."
"Invece di disturbarmi dovrebbe pulire la mia stanza."
Una mañana temprano una fuerte lluvia golpeó las ventanas.
Una volta, la mattina presto, una forte pioggia colpì le finestre.
Quizás la lluvia ya era una señal de la llegada de la primavera.
Forse la pioggia era già un segno dell'arrivo della primavera.
La criada comenzó a hablarle de esa manera una vez más.
La cameriera ricominciò a parlargli in quel modo.
Gregor estaba tan amargado que se giró para mirarla.
Gregor era così amareggiato che si voltò verso di lei.
Era lento y débil, pero fue una especie de ataque.
Era lento e infermo, ma si è trattato di una specie di attacco.
La criada, sin embargo, no tenía ningún miedo de Gregor.
La cameriera, tuttavia, non aveva affatto paura di Gregor.
En lugar de eso, levantó una silla que estaba cerca de la puerta.
Invece, sollevò una sedia che si trovava vicino alla porta.
Y ella permaneció allí, tranquilamente, con la boca abierta.
E lei rimase lì, calma, con la bocca spalancata.
Sus intenciones eran claras, incluso Gregor podía verlo.
Le sue intenzioni erano chiare, perfino Gregor se ne rendeva conto.
Y se giró, lentamente, a su posición original.
E si voltò lentamente, tornando alla sua posizione originale.
—Entonces no quieres acercarte más, ¿verdad?
"Quindi non vuoi avvicinarti ulteriormente, vero?"
Y silenciosamente volvió a poner la silla en la esquina.
E rimise silenziosamente la sedia nell'angolo.

Gregor ya casi no comía nada.
Gregor ormai non mangiava quasi più niente.
A veces, mientras caminaba por la habitación, se detenía.
A volte, mentre camminava per la stanza, si fermava.
Y se encontró junto a la comida preparada para él.
E si ritrovò accanto al cibo preparato per lui.
Se llevó la comida a la boca, pero sólo para jugar con ella.
Si mise il cibo in bocca, ma solo per giocarci.
Y muy a menudo lo escupía de nuevo al cabo de unas horas.
E molto spesso lo sputava di nuovo dopo qualche ora.
Trató de encontrar una razón para su falta de apetito.
Cercò di trovare una ragione per la sua mancanza di appetito.
Quizás porque estaba triste por el estado de su habitación.
Forse perché era triste per lo stato della sua stanza.
Pero ya se había adaptado a los cambios que se producían en la habitación.
Ma aveva fatto i conti con i cambiamenti avvenuti nella stanza.
Recientemente su habitación se había convertido en una especie de almacén.
Ultimamente la sua stanza era diventata una specie di ripostiglio.
Se habían acostumbrado a dejar las cosas allí.
Avevano preso l'abitudine di lasciare le cose lì.
Y ahora quedaban muchas cosas así en su habitación.
E ora nella sua stanza c'erano ancora molte cose del genere.
Porque una habitación del apartamento estaba alquilada.
Perché una stanza dell'appartamento era stata affittata.
Tres caballeros serios alquilaban la habitación juntos.
Tre seri signori affittavano insieme la stanza.
Gregor los vio una vez a través de una rendija en la puerta.
Una volta Gregor li notò attraverso una fessura della porta.
Llevaban barbas pobladas y estaban vestidos meticulosamente.
Avevano la barba folta ed erano vestiti in modo molto curato.
Eran escrupulosos en mantener todo ordenado.
Erano scrupolosi nel mantenere tutto in ordine.

Su insistencia en el orden no se limitaba a su habitación.
La loro insistenza sull'ordine non si limitava alla loro stanza.
Todo el apartamento tenía que mantenerse perfectamente limpio.
L'intero appartamento doveva essere mantenuto perfettamente pulito.
Eran aún más exigentes con el aspecto de la cocina.
Erano ancora più esigenti riguardo all'aspetto della cucina.
Y no podían tolerar ningún desorden innecesario.
E non potevano tollerare alcun disordine inutile.
También habían traído consigo sus propios muebles.
Avevano portato con sé anche i propri mobili.
Por esta razón muchas cosas se habían vuelto superfluas.
Per questo motivo molte cose erano diventate superflue.
Eran cosas por las que nadie pagaría dinero.
Erano cose per cui nessuno avrebbe pagato.
Pero la familia tampoco quería deshacerse de estas cosas.
Ma la famiglia non voleva nemmeno buttare via queste cose.
Todas estas cosas fueron a parar a la habitación de Gregor.
Tutte queste cose finirono da qualche parte nella stanza di Gregor.
El cajón de cenizas de la cocina ahora estaba guardado en su habitación.
Ora la scatola della cenere della cucina era tenuta nella sua stanza.
Y la basura se guardaba en su habitación hasta el día de la basura.
E la spazzatura veniva tenuta nella sua stanza fino al giorno della raccolta dei rifiuti.
La criada arrojó todo lo que no necesitaba en su habitación.
La cameriera buttava nella sua stanza tutto ciò di cui non aveva bisogno.
Afortunadamente no vio más que la mano y el objeto.
Fortunatamente non vide altro che la mano e l'oggetto.
Probablemente tenía la intención de volver a buscar las cosas más tarde.

Probabilmente intendeva tornare a prendere quelle cose più tardi.

O tal vez quería tirarlo todo de una vez.

O forse voleva buttare via tutto in una volta.

Sin embargo, todo permaneció donde había quedado al principio.

Tuttavia, tutto rimase dove era atterrato inizialmente.

A menos que Gregor moviera la basura moviéndose a través de ella.

A meno che Gregor non spostasse la roba strisciandoci dentro.

Al principio se vio obligado a arrastrarse entre toda la basura.

All'inizio fu costretto a strisciare tra tutta quella spazzatura.

No tenía posibilidad de evitarlo.

Non aveva alcuna possibilità di evitarlo.

Pero más tarde realmente encontró placer en esta actividad.

Ma in seguito trovò davvero piacere in questa attività.

Aunque tal esfuerzo lo dejó triste y profundamente cansado.

Sebbene tale sforzo lo lasciasse triste e profondamente stanco.

Y después no pudo moverse durante muchas horas.

E dopo non riuscì a muoversi per molte ore.

Los inquilinos a veces comían en la sala de estar.

A volte gli inquilini consumavano i pasti nel soggiorno.

La puerta del salón permanecía cerrada esas noches.

La porta del soggiorno rimaneva chiusa quelle sere.

Pero a Gregor no le resultó difícil no abrir la puerta.

Ma Gregor non ebbe difficoltà a non aprire la porta.

Incluso cuando la puerta estaba abierta, no siempre miraba hacia afuera.

Anche quando la porta era aperta, non guardava sempre fuori.

Pero él se acostó en el rincón más oscuro de la habitación.

Ma lui si sdraiò nell'angolo più buio della stanza.

La familia tampoco notó su falta de atención.

Nemmeno la famiglia notò la sua mancanza di attenzione.

Pero hubo una vez que la criada dejó la puerta abierta.

Ma una volta la cameriera lasciò la porta aperta.

La puerta permaneció abierta incluso cuando los inquilinos regresaron.

La porta rimase aperta anche quando gli inquilini tornarono.

Y la puerta estaba abierta cuando se encendió la luz.

E la porta era aperta quando la luce è stata accesa.

El hombre se sentó a la mesa donde la familia cenaba.

L'uomo era seduto al tavolo dove la famiglia stava cenando.

Allí se sentaron en el pasado el padre, la madre y Gregor.

In passato, lì sedevano padre, madre e Gregor.

Desplegaron las servilletas y cogieron cuchillos y tenedores.

Aprirono i tovaglioli e presero coltelli e forchette.

La madre apareció en la puerta con un plato de carne.

La madre apparve sulla porta con una ciotola di carne.

Entonces la hermana entró con un cuenco lleno de patatas.

Poi entrò la sorella con una ciotola piena di patate.

Los inquilinos se inclinaron sobre los cuencos colocados delante de ellos.

Gli inquilini si chinarono sulle ciotole poste davanti a loro.

El humo denso de la comida les llegaba hasta la nariz.

Il denso fumo del cibo saliva fino alle loro narici.

Pero aún no habían decidido si comerían la comida.

Ma non avevano ancora deciso se avrebbero mangiato quel cibo.

Quizás enviarían la comida de vuelta a la cocina.

Forse avrebbero rimandato il pasto in cucina.

El hombre sentado en el medio parecía ser la autoridad.

L'uomo seduto al centro sembrava essere l'autorità.

Cortó la carne para determinar si estaba lo suficientemente tierna.

Tagliò la carne per vedere se era abbastanza tenera.

Estaba satisfecho con el olor y el aspecto de la comida.

Era soddisfatto dell'odore e dell'aspetto del cibo.

La madre y la hermana los observaban ansiosamente.

La madre e la sorella li osservavano con ansia.

Y empezaron a sonreír con un suspiro de alivio.

E cominciarono a sorridere con un sospiro di sollievo.

La propia familia iba a comer en la cocina.

La famiglia stessa avrebbe mangiato in cucina.

Pero primero el padre fue a ver cómo estaban los inquilinos.

Ma prima il padre andò a controllare gli inquilini.

Hizo una reverencia, sosteniendo en su mano su gorra de trabajo.

Fece un inchino, tenendo in mano il berretto da lavoro.

Y caminó en círculo alrededor de la mesa, hacia cada invitado.

E fece un giro intorno al tavolo, verso ogni ospite

Todos los inquilinos se pusieron de pie y murmuraron algo entre dientes.

Tutti gli inquilini si alzarono in piedi, borbottando tra le loro barbe.

Después de que él se fue, comieron en un silencio casi absoluto.

Dopo che se ne fu andato mangiarono in un silenzio quasi assoluto.

A Gregor le pareció extraño que pudiera oír la masticación.

A Gregor sembrava strano sentire qualcuno che masticava.

Ningún otro aspecto de la alimentación parecía emitir ningún sonido.

Nessun altro aspetto del mangiare sembrava produrre alcun suono.

Pero podía oír claramente el rechinar de los dientes.

Ma riusciva a sentire distintamente i denti digrignare.

Parecían decirle que necesitaba dientes para comer.

Sembrava che gli stessero dicendo che aveva bisogno di denti per mangiare.

"No puedes hacer nada si tus mandíbulas no tienen dientes".

"Non puoi fare nulla se hai le mascelle senza denti."

"Me gustaría comer algo", dijo Gregor ansiosamente.

"Vorrei mangiare qualcosa", disse Gregor ansioso.

"Pero no tengo apetito para lo que están comiendo".

"Ma non ho appetito per quello che state mangiando."

"Mira cómo comen estos huéspedes y yo aquí muriéndome de hambre".

"Guarda come mangiano questi inquilini, e io sono qui a morire di fame."
Aquella noche Gregor pensó por casualidad en el violín.
Quella sera Gregor pensò per caso al violino.
No había oído el violín desde la transformación.
Non aveva più sentito il violino dopo la trasformazione.
Pero entonces, esta noche, se oyó un ruido desde la cocina.
Ma poi, quella sera, un rumore provenne dalla cucina.
Los caballeros ya habían terminado su cena.
I signori avevano già terminato la cena.
El caballero del medio había comenzado a leer un periódico.
Il signore di mezzo aveva iniziato a leggere un giornale.
Les había dado a los otros dos caballeros una hoja a cada uno.
Aveva dato un foglio a ciascuno degli altri due signori.
Y ahora estaban recostados, leyendo y fumando.
E ora se ne stavano seduti, leggendo e fumando.
Cuando el violín empezó a sonar, se pusieron atentos.
Quando il violino cominciò a suonare, diventarono attenti.
Se levantaron y caminaron de puntillas hacia la puerta de la antesala.
Si alzarono e camminarono in punta di piedi verso la porta dell'anticamera.
Allí estaban, acurrucados juntos, escuchando desde la puerta.
Rimasero lì, rannicchiati l'uno contro l'altro, ad ascoltare dalla porta.
La familia debió haber escuchado a los hombres desde la cocina.
La famiglia deve aver sentito gli uomini dalla cucina.
Porque el padre los llamó y les preguntó;
Perché il padre li chiamò e chiese loro:
¿Acaso el violín resulta incómodo para los caballeros?
"Forse il violino è scomodo per i signori?"
"Si no te gusta la música podemos parar inmediatamente."
"Se non ti piace la musica possiamo fermarci immediatamente."

"Al contrario", dijo el centro de los caballeros.

«Al contrario», disse il mezzo dei signori.

"¿Le gustaría a la señorita tocar el violín en nuestra habitación?"

"La signorina vorrebbe suonare il violino nella nostra stanza?"

"Definitivamente es mucho más cómodo y acogedor aquí".

"Qui è decisamente molto più comodo e accogliente."

El padre respondió como si fuera el propio violinista.

Il padre rispose come se fosse lui stesso il violinista.

"Oh, por favor, eso sería maravilloso", exclamó el padre.

"Oh, per favore, sarebbe meraviglioso", esclamò il padre.

Los caballeros regresaron a la sala de estar y esperaron.

I signori tornarono in soggiorno e aspettarono.

Pronto el padre entró en la habitación con el atril.

Poco dopo il padre entrò nella stanza con il leggio.

La madre entró en la habitación con el libro de música.

La madre entrò nella stanza con il libro di musica.

Y la hermana entró en la habitación con el violín.

E la sorella entrò nella stanza con il violino.

Ella preparó todo con calma para tocar el violín.

Preparò con calma tutto per suonare il violino.

Los padres exageraron su cortesía y modales.

I genitori esagerarono nella cortesia e nelle buone maniere.

Nunca antes habían alquilado habitaciones a huéspedes.

Non avevano mai affittato stanze a degli inquilini prima.

Y ni siquiera se atrevieron a sentarse en sus propias sillas.

E non osavano nemmeno sedersi sulle loro sedie.

En lugar de sentarse, el padre se apoyó contra la puerta.

Invece di sedersi, il padre si appoggiò alla porta.

Su mano derecha estaba entre dos botones de su abrigo.

La sua mano destra era tra due bottoni del cappotto.

Sin embargo, un caballero le ofreció una silla a la madre.

Alla madre, tuttavia, fu offerta una sedia da un signore.

Pero ella se sentó donde el caballero había colocado la silla.

Ma lei si sedette dove il signore aveva messo la sedia.

Y no había colocado la silla en ningún lugar determinado.

E non aveva messo la sedia in nessun posto particolare.

Así que la madre se sentó apartada de todos, en un rincón.

Così la madre si sedette in un angolo, lontana da tutti.

Y finalmente la hermana empezó a tocar el violín.

E infine la sorella cominciò a suonare il violino.

Los padres, en lados opuestos, prestaron mucha atención.

I genitori, su fronti opposti, prestarono molta attenzione.

Y observaban atentamente cada movimiento de su mano.

E osservavano attentamente ogni movimento della sua mano.

Gregor también se sentía atraído por la interpretación del violín.

Gregor era attratto anche dal suonare il violino.

Y se aventuró a salir de su habitación un poco más lejos.

E si avventurò un po' più lontano fuori dalla sua stanza.

Él ya estaba con la cabeza dentro de la sala.

Lui era già con la testa dentro il soggiorno.

Solía enorgullecerse de ser muy considerado.

Un tempo era molto orgoglioso di essere molto premuroso.

Pero últimamente casi no cuestiona su falta de cuidado.

Ma ultimamente non ha più messo in discussione la sua mancanza di cure.

Aunque ahora tenía más motivos para esconderse que antes.

Anche se ora aveva più motivi di nascondersi rispetto a prima.

Porque su habitación estaba cubierta de polvo y suciedad diversa.

Perché la sua stanza era ricoperta di polvere e sporcizia varia.

El más leve movimiento levantaba todo tipo de suciedad.

Il minimo movimento sollevava ogni sorta di sporcizia.

Toda esa suciedad se le pegó: polvo, pelo, restos de comida.

Tutto quello sporco gli era rimasto attaccato: polvere, capelli, resti di cibo.

Podría haber frotado la suciedad contra la alfombra.

Avrebbe potuto strofinare via lo sporco sul tappeto.

Esto era algo que solía hacer varias veces al día.

Era un'operazione che faceva più volte al giorno.

Pero su indiferencia hacia todo era demasiado grande.

Ma la sua indifferenza verso tutto era troppo grande.

Así que no tuvo miedo de avanzar un poco más.

Quindi non aveva paura di andare un po' più avanti.
Y se trasladó al inmaculado suelo de la sala de estar.
E si spostò sul pavimento immacolato del soggiorno.
Sin embargo, nadie se dio cuenta ni le prestó atención.
Tuttavia nessuno se ne accorse né gli prestò attenzione.
La familia estaba completamente absorta en el concierto.
La famiglia era completamente assorbita dal concerto.
Los caballeros, por el contrario, inicialmente se retiraron.
I signori, d'altro canto, inizialmente si ritirarono.
Y se quedaron cerca, detrás del atril de la hermana.
E si fermarono proprio dietro il leggio della sorella.
Si hubieran mirado habrían podido ver las notas musicales.
Se avessero guardato avrebbero potuto vedere le note musicali.
Esto, por supuesto, habría perturbado a la hermana.
Ciò, naturalmente, avrebbe turbato la sorella.
Luego se quedaron de pie junto a la ventana, en lugar de sentarse.
Poi si fermarono vicino alla finestra, invece di sedersi.
Con las manos en los bolsillos seguían hablando.
Continuavano a parlare con le mani in tasca.
Permanecieron allí mientras el padre observaba ansiosamente.
Rimasero lì mentre il padre osservava con ansia.
Uno tenía la impresión de que tenían otras expectativas.
Si aveva l'impressione che avessero altre aspettative.
Y realmente parecía como si se hubieran decepcionado.
E sembrava davvero che fossero rimasti delusi.
Parecía que ya estaban hartos de la actuación.
Sembrava che ne avessero abbastanza della performance.
Habían permitido que el violín perturbara su paz.
Avevano permesso al violino di disturbare la loro pace.
Y sólo toleraban la música por cortesía.
E tolleravano la musica solo per cortesia.
Lo que más me desconcertó fue cómo expulsaron el humo.
Il modo in cui soffiavano via il fumo era particolarmente inquietante.

Y aún así, tocaba el violín maravillosamente.
Eppure suonava il violino in modo così meraviglioso.
Su rostro estaba inclinado suavemente hacia un lado, sobre el violín.
Il suo viso era leggermente inclinato di lato, sul violino.
Sus ojos buscaban con tristeza las líneas musicales.
I suoi occhi scrutavano tristemente le linee della musica.
Gregor se sintió atraído un poco más hacia la sala de estar.
Gregor si sentì trascinato un po' di più nel soggiorno.
Mantuvo la cabeza cerca del suelo, pero miró hacia arriba.
Teneva la testa vicina al terreno, ma guardava verso l'alto.
Tal vez de esta manera la mirada de su hermana podría encontrarse con la suya.
Forse in questo modo lo sguardo di sua sorella avrebbe potuto incrociare i suoi.
¿Puede realmente decirse que era sólo un animal?
Si può davvero dire che fosse solo un animale?
¿Era un animal si la música podía cautivarlo tanto?
Era forse un animale se la musica riusciva a catturarlo così tanto?
Sintió como si le mostraran un camino hacia una alimentación desconocida.
Aveva la sensazione che gli fosse stata indicata una via verso un nutrimento sconosciuto.
Quizás éste era el sustento que le faltaba.
Forse era questo il sostentamento che gli mancava.
Estaba decidido a dirigirse hacia su hermana.
Era determinato a raggiungere la sorella.
Quería tirar de su falda para llamar su atención.
Voleva tirarle la gonna per attirare la sua attenzione.
Quería darle una indicación de una invitación.
Voleva darle un segnale di invito.
"Ven a tocar el violín en mi habitación", quiso decir.
"Vieni a suonare il violino nella mia stanza", avrebbe voluto dire.
Él quería que ella fuera recompensada por su hermosa música.

Voleva che venisse ricompensata per la sua meravigliosa musica.

"Aquí nadie te recompensa por tocar el violín".

"Nessuno qui ti premia per aver suonato il violino."

Él ya no quería dejarla salir de su habitación.

Non voleva più lasciarla uscire dalla sua stanza.

Él quería que ella permaneciera con él mientras viviera.

Voleva che lei restasse con lui per tutto il tempo della sua vita.

Por primera vez su transformación tuvo un beneficio.

Per la prima volta la sua trasformazione ebbe un effetto positivo.

Su deformidad finalmente iba a serle útil.

La sua deformità gli sarebbe finalmente tornata utile.

Quería estar en las cuatro puertas simultáneamente.

Voleva essere presente a tutte e quattro le porte contemporaneamente.

Quería silbarles y escupirles desde todos los ángulos.

Voleva sibilare e sputare contro di loro da ogni angolazione.

Su hermana no debería verse obligada a quedarse con él.

Sua sorella non dovrebbe essere costretta a stare con lui.

Él quería que ella eligiera quedarse con él voluntariamente.

Voleva che lei scegliesse volontariamente di restare con lui.

Ella iba a sentarse a su lado e inclinarse hacia él.

Lei si sarebbe seduta accanto a lui e si sarebbe chinata verso di lui.

Y le iba a contar sobre la escuela de música.

E lui le avrebbe parlato della scuola di musica.

Tenía la firme intención de enviarla a la academia.

Aveva la ferma intenzione di mandarla all'accademia.

Se lo habría contado a todo el mundo la pasada Navidad.

Ne avrebbe parlato a tutti lo scorso Natale.

¿Ya había llegado y pasado realmente la Navidad?

Il Natale era davvero già arrivato e passato?

Y no habría dejado que nadie le disuadiera de ello.

E non avrebbe permesso a nessuno di dissuaderlo.

Pero entonces el desafortunado accidente lo detuvo todo.

Ma poi lo sfortunato incidente fermò tutto.

La hermana se habría sentido abrumada por la emoción.

La sorella sarebbe stata sopraffatta dall'emozione.

Y entonces Gregor se habría subido hasta su hombro.

E poi Gregor si sarebbe arrampicato sulla sua spalla.

Y la habría consolado besándole el cuello.

E lui l'avrebbe confortata baciandole il collo.

—¡Señor Samsa! —gritó el hombre del medio al padre.

«Signor Samsa!» chiamò il padre l'uomo al centro.

Señalaba con su dedo índice hacia Gregor.

Stava indicando Gregor con l'indice.

Gregor se movía lentamente por el suelo de la sala de estar.

Gregor si muoveva lentamente sul pavimento del soggiorno.

El sonido del violín se silenció muy rápidamente.

Il suono del violino tacque molto rapidamente.

El del medio de los tres hombres sonrió a sus amigos.

L'uomo al centro sorrise ai suoi amici.

Luego meneó la cabeza y volvió a mirar a Gregor.

Poi scosse la testa e tornò a guardare Gregor.

El padre podría haber obligado a Gregor a regresar a su habitación.

Il padre avrebbe potuto costringere Gregor a tornare nella sua stanza.

Pero esa no fue la primera acción que decidió tomar.

Ma quella non fu la prima azione che decise di intraprendere.

Pensó que era más importante calmar a los caballeros.

Pensò che fosse più importante calmare i signori.

Aunque en realidad no estaban molestos en absoluto por Gregor.

Anche se in realtà non erano affatto turbati da Gregor.

Gregor parecía más entretenido que tocar el violín.

Gregor sembrava più divertente del violino.

Corrió hacia ellos con los brazos extendidos.

Si precipitò verso di loro con le braccia tese.

Estaba intentando hacer lo mejor que podía para ocultar su visión de Gregor.

Stava facendo del suo meglio per nascondere la loro visione di Gregor.

Y trató de animarlos a regresar a su habitación.
E cercò di incoraggiarli a tornare nella loro stanza.
En realidad, esto los hizo enfadar un poco.
Se non altro, questo li ha infastiditi un po'.
Pero era difícil decir exactamente qué les molestaba.
Ma era difficile dire cosa esattamente li infastidisse.
El padre estaba arruinando la diversión de la noche.
Il padre stava rovinando il divertimento della serata.
Pero también acababan de enterarse de su nuevo compañero de piso.
Ma avevano anche appena saputo del loro nuovo coinquilino.
Levantaron las manos tal como lo había hecho el padre.
Alzarono le mani proprio come aveva fatto il padre.
Exigieron una explicación inmediata al padre.
Chiesero al padre una spiegazione immediata.
Se tiraron inquietos de la barba esperando una respuesta.
Si tiravano irrequieti la barba in cerca di una risposta.
Y retrocedieron hasta su habitación, pero muy lentamente.
E tornarono indietro verso la loro stanza, ma molto lentamente.
La interrupción había dejado a la hermana en trance.
L'interruzione aveva mandato la sorella in trance.
Dejó que el violín y el arco colgaran a su lado.
Lasciò che il violino e l'archetto pendessero al suo fianco.
Y ella miraba la partitura como si todavía estuviera tocando.
E guardò lo spartito come se stesse ancora suonando.
Pero de repente ella regresó a la habitación.
Ma poi all'improvviso si ritrasse nella stanza.
Y ahora había superado el sentimiento de estar perdida.
E ora aveva superato la sensazione di essersi persa.
Ella colocó el instrumento musical en el regazo de su madre.
Mise lo strumento musicale in grembo alla madre.
La madre estaba sentada en la silla, respirando con dificultad.
La madre era seduta sulla sedia e respirava affannosamente.
Y entonces la hermana tuvo que correr a la habitación de al lado.

E poi la sorella dovette correre nella stanza accanto.
Tenía que dejar todo listo para los caballeros.
Doveva preparare tutto per i signori.
Ella arrojó las mantas y los cojines al aire.
Lanciò in aria coperte e cuscini.
Y con sus manos expertas dispuso toda la ropa de cama.
E con le sue mani esperte sistemò tutta la biancheria da letto.
Terminó antes de que los caballeros llegaran a la habitación.
Aveva finito prima che i signori arrivassero nella stanza.
Y ella se escabulló antes de interponerse en su camino.
E lei è riuscita a scappare prima di intralciarli.
El padre parecía estar dominado por su propia terquedad.
Il padre sembrava essere sopraffatto dalla propria
testardaggine.
Y así olvidó todo respeto que debía a sus inquilinos.
E così dimenticò tutto il rispetto che doveva ai suoi inquilini.
Empujó y empujó hasta que su portavoz se opuso.
Ha insistito e insistito finché il loro portavoce non ha obiettato.
Al llegar a la puerta, dio una patada furiosa.
Quando arrivò alla porta, batté il piede con rabbia.
Y con esto logró detener al padre.
E così facendo fermò il padre.
**"Por la presente declaro", comenzó dirigiéndose a su
propietario.**
"Con la presente dichiaro", cominciò a dire rivolgendosi al suo
padrone di casa.
Y levantó la mano, mirando a toda la familia.
E alzò la mano, guardando tutta la famiglia.
"En cuanto a las repugnantes condiciones de la habitación;"
"Per quanto riguarda le disgustose condizioni della stanza;"
Y se aseguró de que todos escucharan sus palabras.
E si assicurò che tutti ascoltassero le sue parole.
"Por la presente, le comunico que desocuparé mi habitación".
"Con la presente comunico che lascerò la mia stanza."
Y reiteró su punto escupiendo en el suelo.
E ha ulteriormente ribadito il suo punto sputando per terra.
"Tampoco pagaré por los días que he vivido aquí."

"Non pagherò nemmeno per i giorni che ho vissuto qui."

Sin embargo, no estaba completamente satisfecho con este reembolso.

Tuttavia, non era del tutto soddisfatto di questo rimborso.

"Y consideraré hacer otras demandas contra usted."

"E prenderò in considerazione la possibilità di avanzare altre richieste nei tuoi confronti."

Créeme, tales exigencias serán muy fáciles de justificar.

"Credetemi, tali richieste saranno molto facili da giustificare."

Él permaneció en silencio y miró directamente al padre.

Rimase in silenzio e guardò dritto davanti a sé il padre.

Parecía estar esperando que sucediera algo más.

Sembrava che si aspettasse qualcosa di più.

De hecho, sus dos amigos inmediatamente tuvieron la misma idea.

Infatti, i suoi due amici ebbero subito la stessa idea.

"También estamos cancelando nuestras habitaciones", dijeron al unísono.

"Anche noi cancelleremo le nostre camere", dissero all'unisono.

Luego agarró la manija de la puerta y cerró la puerta.

Poi afferrò la maniglia della porta e la chiuse.

Y con un fuerte estruendo se encerraron en su habitación.

E con un forte botto si chiusero nella loro stanza.

El padre se tambaleó hasta su silla con manos torpes.

Il padre barcollò verso la sedia, brancolando.

Y se dejó caer en la silla, derrotado.

E si lasciò cadere sulla sedia, sconfitto.

Parecía como si fuera a echar su siesta vespertina habitual.

Sembrava che stesse per fare il suo solito pisolino serale.

Pero su cabeza asintió casi como si no tuviera apoyo.

Ma la sua testa annuì, quasi come se non fosse sostenuta.

Y se podía ver que no estaba durmiendo en absoluto.

E si vedeva che non dormiva affatto.

Durante todo este tiempo Gregor no se había movido de su sitio.

Durante tutto questo tempo Gregor non si era mosso dal suo posto.

Todavía estaba donde los caballeros lo habían visto por primera vez.

Si trovava ancora dove i signori lo avevano visto la prima volta.

Incluso si hubiera querido moverse, le resultó imposible.

Anche se avesse voluto muoversi, gli sarebbe stato impossibile.

Por su decepción, o por su hambre.

A causa della sua delusione o della sua fame.

Estaba decepcionado por el fracaso de su plan.

Era deluso dal fallimento del suo piano.

Y estaba débil por el hambre prolongada que sentía.

Ed era debole a causa della fame prolungata che provava.

Estaba seguro de que en cualquier momento todos se volverían contra él.

Era sicuro che tutti gli si sarebbero rivoltati contro da un momento all'altro.

Con esta expectativa de colapso inminente, esperó.

Con questa aspettativa di un crollo imminente attese.

El violín empezó a deslizarse del regazo de la madre.

Il violino cominciò a scivolare dal grembo della madre.

Con un sonido resonante el violín cayó al suelo.

Con un suono rimbombante il violino cadde a terra.

Pero ni siquiera ese repentino ruido estrepitoso lo sobresaltó.

Ma nemmeno questo improvviso rumore di schianto lo spaventò.

«Queridos padres», dijo la hermana, «esto no puede continuar».

«Cari genitori», disse la sorella, «questo non può continuare».

Y golpeó la mesa con la mano para dejar claro su punto.

E sbatté la mano sul tavolo per sottolineare il suo punto.

"No diré el nombre de mi hermano delante de este monstruo".

"Non pronuncerò il nome di mio fratello davanti a questo
mostro."
"Por eso lo digo lo más claramente posible:"
"Ecco perché lo dico nel modo più schietto possibile:"
"No tenemos otra opción que deshacernos de este animal".
"Non abbiamo altra scelta che sbarazzarci di questo animale."
**"Hicimos lo mejor que pudimos para tolerar y cuidar a este
animal".**
"Abbiamo fatto del nostro meglio per tollerare e prenderci
cura di questo animale."
"No creo que nadie pueda culparnos en lo más mínimo".
"Non credo che nessuno possa minimamente biasimarci."
"Tiene mil veces razón", asintió el padre.
"Ha mille volte ragione", concordò il padre.
La madre aún no había recuperado del todo el aliento.
La madre non aveva ancora ripreso completamente fiato.
**Ella empezó a toser sordamente en su mano, respirando con
dificultad.**
Iniziò a tossire debolmente nella mano, respirando
affannosamente.
Y una expresión de locura comenzó a surgir en sus ojos.
E un'espressione folle cominciò a delinearsi nei suoi occhi.
La hermana corrió hacia su madre y le sujetó la frente.
La sorella corse dalla madre e le tenne la fronte.
El padre pareció inspirarse en las palabras de la hermana.
Il padre sembrò essere ispirato dalle parole della sorella.
Y sus pensamientos parecían ser más claros que antes.
E i suoi pensieri sembravano più chiari di prima.
Dejó de asentir con la cabeza y volvió a sentarse derecho.
Smise di annuire e si raddrizzò.
**Y jugaba con la gorra de sirviente, sumido en sus
pensamientos.**
E giocherellò con il berretto del suo servitore, immerso nei
suoi pensieri.
Los platos de los inquilinos todavía estaban sobre la mesa.
I piatti degli inquilini erano ancora sul tavolo.
Y a veces miraba hacia el silencioso Gregor.

E ogni tanto guardava verso il silenzioso Gregor.

"Tenemos que intentar deshacernos de él", le dijo la hermana.

«Dobbiamo cercare di sbarazzarcene», gli disse la sorella.

La madre estaba demasiado ocupada tosiendo como para escuchar.

La madre era troppo impegnata a tossire per ascoltare.

"Los matará a ambos, ya lo veo venir."

"Vi ucciderà entrambi, lo vedo già arrivare."

"No podemos seguir trabajando tan duro como lo hacemos todos."

"Non possiamo continuare a lavorare così duramente."

"Y cada día tenemos que volver a casa y encontrarnos con esta tortura."

"E ogni giorno dobbiamo tornare a casa e trovare questa tortura."

"No podemos soportarlo más. No puedo soportarlo."

"Non possiamo più sopportarlo. Io non posso sopportarlo."

Ella cayó ante su madre en un último estallido de lágrimas.

Si gettò verso la madre in un ultimo scoppio di lacrime.

Las lágrimas cayeron por su rostro y sobre el de su madre.

Le lacrime le rigavano il viso e finivano su quello della madre.

Y se secó las lágrimas con un movimiento mecánico.

E si asciugò le lacrime con un movimento meccanico.

"Hijo mío", dijo el padre con voz compasiva.

«Figlio mio», disse il padre con voce compassionevole.

Había profunda simpatía y comprensión en su voz.

Nella sua voce si percepiva profonda compassione e comprensione.

«Pero ¿qué debemos hacer?», confesó no saberlo.

"Ma cosa dovremmo fare?" confessò di non saperlo.

La hermana simplemente se encogió de hombros con impotencia.

La sorella si limitò ad alzare le spalle, impotente.

Y su confianza anterior fue reemplazada nuevamente por lágrimas.

E la sua precedente sicurezza fu di nuovo sostituita dalle lacrime.

«Si nos entendiera», dijo el padre en voz alta.

"Se solo ci capisse", disse il padre ad alta voce.

Y se preguntó si tal vez Gregor entendía.

E si chiese se forse Gregor avesse capito.

La hermana simplemente sacudió su mano violentamente mientras lloraba.

La sorella si è limitata a stringerle la mano con violenza, piangendo.

Y entonces ella señaló que no se debía pensar en esa idea.

E così fece segno che non si doveva prendere in considerazione quell'idea.

«¡Si nos comprendiera!», repitió el padre.

"Ma se solo ci capisse", ripeté il padre.

Cerrando los ojos consideró la respuesta de la hermana.

Chiudendo gli occhi rifletté sulla risposta della sorella.

"Si lo entendiera se podría llegar a un acuerdo con él."

"Se capisse, si potrebbe raggiungere un accordo con lui."

"Pero estando las cosas como están..."

"Ma visto come stanno le cose..."

"Tiene que irse", gritó la hermana, "es la única manera".

"Deve andare", gridò la sorella, "è l'unico modo."

"Tienes que deshacerte de la idea de que es Gregor".

"Devi liberarti del pensiero che sia Gregor."

"Que lo hayamos creído durante tanto tiempo es nuestra verdadera desgracia."

"La nostra vera sfortuna è stata crederci così a lungo."

«¿Pero cómo puede ser Gregor?», le preguntó a su padre.

"Ma come può essere Gregor?" chiese al padre.

"Sabía que un animal así no podía coexistir con los humanos".

"Sapeva che un simile animale non può coesistere con gli esseri umani."

Gregor nos habría abandonado hace mucho tiempo, voluntariamente.

"Gregor ci avrebbe lasciato molto tempo fa, volontariamente."

"Es cierto, entonces no tendríamos ningún hermano."

"È vero, allora non avremmo più nessun fratello."

"Pero podríamos seguir viviendo y honrar su memoria".

"Ma potremmo continuare a vivere e onorare la sua memoria."

"Pero esta bestia nos persigue y ahuyenta a nuestros labradores."

"Ma questa bestia ci insegue e scaccia i nostri inquilini."

"Es evidente que quiere apoderarse de todo el apartamento".

"Ovviamente vuole impossessarsi dell'intero appartamento."

"Esta bestia quiere hacernos dormir en la calle."

"Questa bestia vuole farci dormire per strada."

«Mira, padre», gritó de repente, «¡se mueve otra vez!»

«Guarda, padre», gridò all'improvviso, «si sta muovendo di nuovo!»

E hizo algo que ni siquiera Gregor pudo entender.

E fece una cosa che nemmeno Gregor riuscì a capire.

Ella se apartó, como sacrificando a la madre.

Si spinse via, come se stesse sacrificando la madre.

Y ella corrió detrás de su padre buscando algún tipo de seguridad.

E corse dietro al padre per mettersi in salvo.

El padre estaba agitado únicamente porque su hija lo estaba.

Il padre era agitato solo perché lo era sua figlia.

Pero entonces él también se levantó y levantó los brazos sobre ella.

Ma poi anche lui si alzò e alzò le braccia verso di lei.

Pero Gregor no tenía intención de asustar a nadie.

Ma Gregor non aveva alcuna intenzione di spaventare nessuno.

Sobre todo no pensó en asustar a su hermana.

In particolare, non aveva intenzione di spaventare sua sorella.

Él sólo estaba intentando regresar a su habitación.

Stava solo cercando di tornare indietro verso la sua stanza.

Pero dado que su estado estaba empeorando, incluso esto era difícil.

Ma, viste le sue condizioni in peggioramento, anche questo era difficile.

Y ya no tenía pleno uso de todas sus piernas.
E non aveva più il pieno uso di tutte le gambe.
Entonces usó su cabeza para levantar su cuerpo y girar.
Quindi usò la testa per sollevare il corpo e girarsi.
Hizo una pausa y miró a su alrededor esperando la aprobación de la familia.
Fece una pausa e si guardò intorno in cerca dell'approvazione della famiglia.
Su buena intención parecía haber sido reconocida.
Sembrava che le sue buone intenzioni fossero state riconosciute.
Su movimiento sólo había sido un shock momentáneo para ellos.
Il suo movimento era stato per loro solo uno shock momentaneo.
Ahora todos lo miraban en un silencio infeliz.
Ora tutti lo guardavano in un silenzio infelice.
La madre seguía tumbada en el sillón, exhausta.
La madre era ancora sdraiata sulla poltrona, esausta.
El padre y la hermana estaban sentados uno al lado del otro.
Il padre e la sorella erano seduti uno accanto all'altra.
«Quizás ahora me dejen dar la vuelta», pensó Gregor.
"Forse ora mi lasceranno tornare indietro", pensò Gregor.
Y continuó haciendo su torpe movimiento de giro.
E continuò a fare il suo goffo movimento di svolta.
No podía reprimir los jadeos ocasionales de esfuerzo.
Non riusciva a reprimere gli occasionali sussulti dovuti allo sforzo.
Y se vio obligado a descansar un par de veces entre uno y otro.
E nel frattempo fu costretto a riposarsi un paio di volte.
Ya nadie le obligaba a apresurarse; la decisión estaba en sus manos.
Nessuno lo costringeva più ad affrettarsi: la decisione spettava a lui.
Al final completó el giro lento y doloroso.
Alla fine completò la lenta e dolorosa svolta.

**Inmediatamente comenzó a caminar directamente de regreso
a su habitación.**

Cominciò subito a camminare verso la sua stanza.

Se sorprendió de lo lejos que estaba de su habitación.

Rimase stupito dalla distanza che lo separava dalla sua stanza.

¿Cómo, a pesar de su debilidad, había llegado allí antes?

Come aveva fatto, nonostante la sua debolezza, ad arrivare fin
lì prima?

Había recorrido casi el mismo camino sin darse cuenta.

Aveva percorso quasi lo stesso cammino senza accorgersene.

Ahora él sólo se concentró en gatear tan rápido como podía.

Ora si concentrò solo sul gattonare il più velocemente
possibile.

La falta de comentarios por parte de alguien no le inquietó.

La mancanza di commenti da parte di nessuno non lo turbò.

Sólo cuando ya estaba en la puerta giró la cabeza.

Solo quando fu già sulla porta girò la testa.

**Pero no pudo darse la vuelta para mirar hacia atrás por
completo.**

Ma non riuscì a girarsi per guardare indietro completamente.

**Porque sintió que su cuello se ponía aún más rígido al
girarse.**

Perché sentiva il collo irrigidirsi ancora di più mentre si
girava.

**Pero vio que de todas formas nada había cambiado detrás de
él.**

Ma vide che comunque dietro di lui non era cambiato nulla.

La única diferencia fue que su hermana se puso de pie.

L'unica differenza era che sua sorella si era alzata.

**Su última mirada mostró que su madre se había quedado
dormida.**

L'ultima occhiata gli rivelò che sua madre si era
addormentata.

**Tan pronto como estuvo dentro de su habitación la puerta se
cerró.**

Non appena fu nella sua stanza, la porta fu chiusa.

Y tan pronto como la puerta se cerró, el cerrojo quedó bloqueado.

E non appena la porta fu chiusa, il grassetto fu bloccato.

Gregor se asustó por el ruido inesperado que se oía detrás.

Gregor si spaventò per il rumore inaspettato che proveniva da dietro.

Y sus piernas se doblaron bajo él por la repentina sorpresa.

E le sue gambe cedettero per l'improvvisa sorpresa.

Fue la hermana quien corrió hacia la puerta detrás de él.

Era la sorella che si era precipitata alla porta dietro di lui.

Ella ya se encontraba allí de pie, esperándolo.

Lei era già lì, in piedi, e lo aspettava.

Luego saltó hacia delante ligeramente sin que Gregor la oyera.

Poi fece un balzo in avanti con leggerezza, senza che Gregor la sentisse.

"¡Por fin!" gritó en voz alta mientras giraba la llave.

"Finalmente!" gridò ad alta voce, mentre girava la chiave.

"¿Y ahora qué?", se preguntó Gregor, solo en la oscuridad.

"E adesso?" si chiese Gregor, solo al buio.

Pronto descubrió que ya no podía moverse en absoluto.

Ben presto scoprì di non riuscire più a muoversi.

Pero no le sorprendió realmente su inmovilidad.

Ma la sua immobilità non lo sorprese affatto.

Poder moverse con piernas tan delgadas parecía ridículo.

Riuscire a muoversi con gambe così sottili sembrava ridicolo.

No sabía cómo había sido capaz de hacerlo.

Non sapeva come ci fosse riuscito.

Pero aparte de eso se sentía relativamente cómodo.

Ma a parte questo si sentiva relativamente a suo agio.

Es cierto que sentía un dolor profundo en todo el cuerpo.

È vero che sentiva un dolore profondo in tutto il corpo.

Pero el dolor parecía hacerse cada vez más débil.

Ma il dolore sembrava farsi sempre più debole.

Y sintió que el dolor eventualmente desaparecería.

E sentiva che alla fine il dolore sarebbe scomparso.

Ya casi no sentía la manzana podrida en su espalda.

Ormai non sentiva quasi più la mela marcia nella schiena.
Pensó en su familia con emoción y amor.
Ripensò alla sua famiglia con emozione e amore.
Sintió las emociones de su hermana incluso más que ella misma.
Lui percepì le emozioni della sorella ancora più di quanto avesse fatto lei.
Ella tenía razón en lo que había dicho: él tenía que irse.
Aveva ragione quando aveva detto: lui doveva andarsene.
Pasó algún tiempo en ese estado vacío y pacífico.
Trascorse un po' di tempo in questo stato di vuoto e pace.
El reloj dio tres veces, silenciosamente, pero con firmeza.
L'orologio suonò tre volte, sommessamente ma con fermezza.
Gregor fue sacado suavemente de sus meditaciones.
Gregor venne dolcemente strappato alle sue riflessioni.
Observó cómo la luz de la mañana entraba lentamente en su habitación.
Osservò la luce del mattino entrare lentamente nella sua stanza.
Entonces su cabeza se hundió por completo, sin su voluntad.
Poi la sua testa ricadde completamente, senza che lui lo volesse.
Y su último aliento fluyó débilmente de su nariz.
E il suo ultimo respiro uscì debolmente dalle sue narici.

La criada entró en su habitación temprano en la mañana.
La cameriera entrò nella sua stanza la mattina presto.
No encontró nada inusual durante su corta visita habitual.
Durante la sua solita breve visita non trovò nulla di insolito.
Con fuerza y prisa cerró de golpe todas las puertas.
Per la fretta e la forza, sbatté tutte le porte.
No fue posible dormir tranquilo en todo el apartamento.
In tutto l'appartamento non era possibile dormire sonni tranquilli.
Le habían pedido que evitara hacer esto por la mañana.
Le era stato chiesto di evitare di farlo la mattina seguente.
Ella pensó que él yacía allí inmóvil a propósito.

Pensava che lui fosse rimasto lì immobile di proposito.

Quizás quería demostrarle que estaba ofendido.

Forse voleva dimostrarle che era offeso.

Ella confiaba en que él tenía todo tipo de inteligencia.

Lei si fidava di lui e pensava che fosse dotato di ogni sorta di intelligenza.

Ella sostenía por casualidad la escoba larga en su mano.

Per caso teneva in mano la lunga scopa.

Entonces, desde la puerta, intentó hacerle un poco de cosquillas a Gregor.

Così, dalla porta, cercò di fare un po' il solletico a Gregor.

Ella estaba un poco molesta porque él no respondió en absoluto.

Era un po' infastidita dal fatto che lui non rispondesse affatto.

Así que esta vez lo empujó un poco más firmemente.

Così questa volta lo spinse un po' più forte.

Cuando él no ofreció resistencia, ella lo miró más de cerca.

Quando lui non mostrò alcuna resistenza, lei lo guardò più da vicino.

Pronto se dio cuenta de lo que realmente le había sucedido a Gregor.

Ben presto capì cosa era realmente accaduto a Gregor.

Abrió más los ojos y silbó para sí misma.

Spalancò gli occhi e fischiò tra sé.

Pero no perdió mucho tiempo antes de abrir la puerta.

Ma non perse molto tempo prima di aprire la porta.

Y clamó a gran voz en la oscuridad:

E gridò a gran voce nell'oscurità:

"Ven a echarle un vistazo, ahí está, completamente muerto."

"Vieni a dare un'occhiata, giace lì, completamente morto."

Los dos padres estaban sentados erguidos en el lecho conyugal.

I due genitori sedevano dritti nel loro letto coniugale.

Primero tuvieron que superar el impacto del ruido.

Per prima cosa dovettero superare lo shock del rumore.

Pero poco a poco empezaron a comprender su mensaje.

Ma poi cominciarono lentamente a comprendere il suo messaggio.

El señor y la señora Samsa saltaron cada uno de su lado de la cama.

Il signor e la signora Samsa saltarono fuori dal letto, ognuno dalla propria parte.

El señor Samsa se echó la gruesa manta sobre los hombros.

Il signor Samsa si gettò la spessa coperta sulle spalle.

Y la señora Samsa salió sin nada más que su camisón.

E la signora Samsa uscì indossando solo la camicia da notte.

Y así entraron en la habitación de Gregor.

E fu così che entrarono nella stanza di Gregor.

Mientras tanto, la puerta de la sala de estar también se había abierto.

Nel frattempo si era aperta anche la porta del soggiorno.

Grete había dormido allí desde que los inquilinos se mudaron.

Grete dormiva lì da quando gli inquilini si erano trasferiti.

Estaba completamente vestida como si no hubiera dormido en absoluto.

Era completamente vestita come se non avesse dormito affatto.

Su rostro pálido también parecía demostrar su falta de sueño.

Anche il suo viso pallido sembrava indicare la mancanza di sonno.

"¿Está muerto?" preguntó la señora Samsa, mirando a la criada.

«È morto?» chiese la signora Samsa, guardando la cameriera.

Ella podría haberlo confirmado mirándolo ella misma.

Avrebbe potuto confermarlo guardandolo lei stessa.

"Creo que sí", dijo la criada cogiendo la escoba.

"Credo di sì", disse la cameriera, prendendo la scopa.

Y ella empujó su cuerpo muy lejos por el suelo.

E spinse il suo corpo molto lontano sul pavimento.

La señora Samsa hizo un movimiento como si quisiera detenerla.

La signora Samsa fece un movimento come se volesse
fermarla.
**Pero al final dejó que la criada llevara a Gregor de un lado a
otro.**
Ma alla fine lasciò che la cameriera facesse scivolare Gregor in
giro.
**—Bueno —dijo el señor Samsa—, por fin podemos dar
gracias a Dios.**
"Bene", disse il signor Samsa, "finalmente possiamo
ringraziare Dio."
Hizo la señal de la cruz; cabeza, pecho, hombros.
Fece il segno della croce: testa, petto, spalle.
Y las tres mujeres siguieron su ejemplo religioso.
E le tre donne seguirono il suo esempio religioso.
Grete, que no apartaba la vista del cadáver, dijo:
Grete, che non distoglieva lo sguardo dal cadavere, disse:
"Mira qué delgado estaba, hacía tanto tiempo que no comía."
"Guarda com'era magro, non mangiava da tanto tempo."
**"La comida que le dejaba cada mañana siempre estaba
intacta."**
"Il cibo che gli lasciavo ogni mattina era sempre intatto."
**De hecho, el cuerpo de Gregor estaba completamente plano
y seco.**
In realtà il corpo di Gregor era completamente piatto e
asciutto.
Esto era más visible ahora que estaba en el suelo.
Ora che era a terra, la cosa era ancora più evidente.
Porque su cuerpo ya no era levantado por sus piernas.
Perché il suo corpo non era più sollevato dalle gambe.
Y porque no había nada más que distrajera la vista.
E perché non c'era nient'altro che distraesse la vista.
—Ven un rato con nosotros, Grete —dijo la señora Samsa.
«Vieni con noi per un po', Grete», disse la signora Samsa.
Había una sonrisa dolorosa en sus labios mientras hablaba.
Mentre parlava, sulle sue labbra si dipinse un sorriso
doloroso.
Grete los siguió, pero también miró hacia el cadáver.

Grete li seguì, ma si voltò anche lei a guardare il cadavere.

La criada cerró la puerta y abrió completamente la ventana.

La cameriera chiuse la porta e aprì completamente la finestra.

Todavía era temprano, por lo que normalmente el aire estaría frío.

Era ancora presto, quindi l'aria normalmente sarebbe stata fredda.

Pero también había una mezcla de calidez en el aire frío.

Ma nell'aria fredda c'era anche un misto di calore.

Como un suave recordatorio de que ya era finales de marzo.

Come un dolce promemoria che ormai è la fine di marzo.

Los tres inquilinos ahora también salieron de su habitación.

Anche i tre inquilini uscirono dalla loro stanza.

Miraron a su alrededor con asombro en busca de su desayuno.

Si guardarono intorno stupiti in cerca della loro colazione.

El desayuno fue olvidado por lo que encontró la criada.

La colazione fu dimenticata a causa di ciò che trovò la cameriera.

"¿Dónde está el desayuno?" se quejó el caballero del medio.

"Dov'è la colazione?" borbottò il signore di mezzo.

La criada se llevó el dedo a la boca para ordenar silencio.

La cameriera si mise un dito sulla bocca per intimare il silenzio.

Y ella rápidamente y en silencio saludó a los caballeros.

E fece un cenno rapido e silenzioso ai signori.

La criada acompañó a los tres caballeros a la habitación.

La cameriera accompagnò i tre signori nella stanza.

Y continuó explicándoles lo que había sucedido.

E continuò a spiegare loro cosa era successo.

Y los tres caballeros estaban alrededor del cadáver de Gregor.

E i tre signori si schierarono attorno al cadavere di Gregor.

Con las manos en los bolsillos miraron hacia abajo.

Con le mani in tasca guardarono in basso.

La luz de la mañana ahora había inundado completamente la habitación.

La luce del mattino aveva ormai inondato completamente la
stanza.
**Entonces se abrió la puerta del dormitorio y apareció el
señor Samsa.**
Poi la porta della camera da letto si aprì e apparve il signor
Samsa.
A un lado estaba su esposa y al otro su hija.
Da una parte c'era sua moglie, dall'altra sua figlia.
Para entonces el señor Samsa ya llevaba puesto su uniforme.
Il signor Samsa indossava già la sua uniforme.
Se podía ver que todos habían estado llorando un poco.
Si vedeva che tutti avevano pianto un po'.
Grete presionó su cara contra el brazo de su padre.
Grete premette il viso contro il braccio del padre.
**"¡Sal de mi apartamento inmediatamente!" ordenó el señor
Samsa.**
«Lasciate subito il mio appartamento!» ordinò il signor Samsa.
Y señaló la puerta sin dejar salir a las mujeres.
E indicò la porta senza lasciare andare le donne.
**"¿Qué quieres decir?" preguntó el intermediario
desconcertado.**
"Cosa intendi?" chiese l'intermediario, sconcertato.
**Y él hizo lo mejor que pudo para sonreír dulcemente al
señor Samsa.**
E fece del suo meglio per sorridere dolcemente al signor
Samsa.
Los otros dos llevaban las manos tras la espalda.
Gli altri due tenevano le mani dietro la schiena.
Y se frotaron las manos con anticipación.
E si fregarono le mani nell'attesa.
Parecía que esperaban que se produjera una fuerte pelea.
Sembrava che si aspettassero una lite rumorosa.
**Pero ellos parecían estar contentos con la discusión que se
avecinaba.**
Ma sembravano contenti della discussione imminente.
Creían que la disputa sería a su favor.
Pensavano che la disputa sarebbe stata a loro favore.

"Quiero decir exactamente lo que acabo de decir", respondió
el señor Samsa.
"Intendo esattamente quello che ho appena detto", rispose il
signor Samsa.
Caminó en línea recta con sus dos compañeros.
Camminava in linea retta con i suoi due compagni.
**Y el señor Samsa se dirigió directamente a su caballero
principal.**
E il signor Samsa si rivolse direttamente al loro capo.
El caballero primero se quedó quieto, mirando al suelo.
Il signore rimase inizialmente immobile, guardando a terra.
El contenido de su cabeza todavía estaba ordenándose.
I contenuti della sua testa si stavano ancora organizzando.
—Está bien, nos vamos —dijo y miró al señor Samsa.
"Bene, andiamo", disse, e alzò lo sguardo verso il signor
Samsa.
Una nueva humildad pareció apoderarse de él de repente.
Una nuova umiltà sembrò improvvisamente prenderlo.
Y parecía estar pidiendo permiso para esta decisión.
E sembrava che stesse chiedendo il permesso per questa
decisione.
El señor Samsa abrió mucho los ojos y asintió un poco.
Il signor Samsa spalancò gli occhi e annuì leggermente.
Los caballeros obedecieron inmediatamente su orden.
I signori obbedirono immediatamente al suo ordine.
Y efectivamente dieron largos pasos por el pasillo.
E fecero davvero dei passi lunghi nel corridoio.
Sus amigos ya habían dejado de frotarse las manos.
I suoi amici avevano già smesso di strofinarsi le mani.
Habían estado escuchando cómo iba la conversación.
Avevano ascoltato come si svolgeva la conversazione.
Y ahora corrían tras él, como si tuvieran miedo.
E ora gli correvano dietro, come se avessero paura.
El señor Samsa aún podría aislarlos de su líder.
Il signor Samsa potrebbe ancora isolarli dal loro leader.
Sacaron sus palos del contenedor.
Tirarono fuori i bastoncini dal contenitore.

Y se inclinaron en silencio antes de salir del apartamento.

E si inchinarono in silenzio prima di lasciare l'appartamento.

El señor Samsa y las dos mujeres salieron del patio delantero.

Il signor Samsa e le due donne uscirono dal piazzale.

Pero en realidad no tenían motivos para desconfiar de los hombres.

Ma in realtà non avevano motivo di diffidare degli uomini.

Se apoyaron en la barandilla para comprobar si se habían ido.

Si appoggiarono alla ringhiera per controllare se se ne fossero andati.

Los tres caballeros efectivamente estaban bajando las escaleras.

I tre signori stavano effettivamente scendendo le scale.

En un determinado recodo de la escalera desaparecieron.

In una certa curva della scala scomparvero.

Y entonces la escalera los trajo de nuevo a la vista.

E poi la scala li riportò alla vista.

Esta aparición y desaparición se repite en cada piso.

Questo apparire e scomparire si ripeteva a ogni piano.

Pero al final casi habían llegado al fondo.

Ma alla fine erano quasi arrivati in fondo.

Cuanto más avanzaban, más aburridos parecían.

Più andavano avanti, più diventavano noiosi.

Todos regresaron a casa, como si se sintieran aliviados.

Tutti tornarono a casa, come sollevati.

Decidieron aprovechar el día para descansar y salir a pasear.

Decisero di usare la giornata per riposarsi e fare una passeggiata.

Sentían que merecían este descanso de su trabajo.

Sentivano di meritarsi questa pausa dal lavoro.

No sólo merecían este descanso, sino que lo necesitaban.

Non solo meritavano questa pausa, ma ne avevano bisogno.

Se sentaron a la mesa para escribir cartas de disculpas.

Si sedettero al tavolo per scrivere lettere di scuse.

El señor Samsa escribió una carta de disculpas a su dirección.

Il signor Samsa scrisse una lettera di scuse alla sua direzione.

La señora Samsa escribió su carta de disculpas a sus clientes.

La signora Samsa scrisse una lettera di scuse ai suoi clienti.

Y Grete escribió su carta de disculpa a su director.

E Grete scrisse la sua lettera di scuse al preside.

Mientras todos escribían, la criada llegó a la habitación.

Mentre tutti scrivevano, la cameriera entrò nella stanza.

Su trabajo de la mañana había terminado, por lo que se dirigía a casa.

Aveva finito il lavoro mattutino, quindi stava tornando a casa.

Los tres escritores asintieron al principio, sin levantar la vista.

Inizialmente i tre scrittori annuirono, senza alzare lo sguardo.

Pero la criada no parecía querer irse todavía.

Ma la cameriera non sembrava intenzionata ad andarsene subito.

Esperó un poco, hasta que los tres escritores levantaron la vista.

Aspettò un po', finché i tre scrittori non alzarono lo sguardo.

"¿Y bien?" preguntó el señor Samsa, enojado como los demás.

"Ebbene?" chiese il signor Samsa, arrabbiato come gli altri.

La criada estaba parada en la puerta con una sonrisa en su rostro.

La cameriera era sulla soglia con un sorriso sul volto.

Dio la impresión de tener buenas noticias que informar.

Dava l'impressione di avere buone notizie da comunicare.

Pero ella no iba a compartir la noticia a menos que se lo pidieran.

Ma non aveva intenzione di condividere la notizia a meno che non glielo chiedessero.

La pluma de avestruz erguida sobre su sombrero se balanceaba ligeramente.

La piuma di struzzo verticale sul suo cappello ondeggiava leggermente.

Aquella pluma de avestruz siempre había molestado al señor Samsa.

Quella piuma di struzzo aveva sempre infastidito il signor Samsa.

—Entonces, ¿qué quieres? —preguntó la señora Samsa con firmeza.

«Allora, cosa vuoi?» chiese la signora Samsa con fermezza.

La criada todavía tenía mucho respeto por la señora Samsa.

La cameriera nutriva ancora molto rispetto per la signora Samsa.

"Sí", respondió ella y soltó una carcajada amistosa.

"Sì", rispose lei, e scoppiò in una risata amichevole.

Por un momento su risa le impidió hablar.

Per un attimo la risata le impedì di parlare.

"No tienes que preocuparte por esa cosa de al lado".

"Non devi preoccuparti di quella cosa lì accanto."

"Ya he decidido cómo nos desharemos de él".

"Ho già deciso come liberarcene."

La señora Samsa y Grete continuaron escribiendo sus cartas.

La signora Samsa e Grete continuarono a scrivere le loro lettere.

Pero el señor Samsa se dio cuenta de que la criada aún no había terminado.

Ma il signor Samsa notò che la cameriera non aveva ancora finito.

Ahora quería describir todo con más detalle.

Ora voleva descrivere tutto più dettagliatamente.

Pero él extendió su mano para rechazar sus esfuerzos.

Ma lui allungò la mano per respingere i suoi tentativi.

Se dio cuenta de que no estaban interesados en sus planes.

Si rese conto che non erano interessati ai suoi piani.

Y entonces recordó la gran prisa en la que había estado.

E poi si ricordò della gran fretta che aveva avuto.

"Ciao entonces", dijo ella, insultada por la falta de interés.

"Ciao allora", disse, offesa dalla mancanza di interesse.

Pero antes de irse cerró la puerta de un golpe terriblemente fuerte.

Ma prima di andarsene sbatté la porta con violenza.

"La despedirán esta noche", dijo el señor Samsa.

«Verrà licenziata stasera», ha detto il signor Samsa.

Pero su esposa y su hija estaban demasiado ocupadas para responderle.

Ma sua moglie e sua figlia erano troppo impegnate per rispondergli.

Porque la criada había perturbado la paz recién adquirida.

Perché la cameriera aveva turbato la loro pace appena ritrovata.

La madre y la hija se levantaron para ir a la ventana.

La madre e la figlia si alzarono per andare alla finestra.

Y abrazados se quedaron allí.

E restarono lì abbracciati.

El señor Samsa se giró en su silla para mirarlos.

Il signor Samsa si girò sulla sedia per guardarli.

Y por un rato los observó en silencio mientras estaban allí de pie.

E per un po' li osservò in silenzio, fermi lì.

Finalmente les gritó: "¿Queréis venir a mí?"

Infine li chiamò: "Volete venire da me?"

"Olvidémonos de todas esas cosas viejas, ¿de acuerdo?"

"Dimentichiamoci di tutte quelle vecchie cose, va bene?"

"Ven a mí y dame un poco de tu atención."

"Vieni da me e dedicami un po' della tua attenzione."

Las dos mujeres hicieron lo que él les dijo y corrieron hacia él.

Le due donne fecero come lui aveva detto e corsero verso di lui.

Le dieron un abrazo cariñoso y le besaron.

Lo abbracciarono affettuosamente e lo baciarono.

Regresaron rápidamente para terminar de escribir sus cartas.

Tornarono subito indietro per finire di scrivere le loro lettere.

Luego los tres abandonaron el apartamento juntos.

Poi tutti e tre lasciarono l'appartamento insieme.

No habían salido juntos de casa desde hacía meses.

Erano mesi che non uscivano di casa insieme.

Y tomaron el tranvía hasta las afueras de la ciudad.

E presero il tram fino alla periferia della città.

Tenían todo el vagón del tranvía para ellos solos.

Avevano l'intera carrozza del tram tutta per loro.

La luz del sol entraba a raudales por la ventana desde el exterior.

La luce del sole entrava a fiotti dalla finestra esterna.

La familia se reclinó cómodamente en sus asientos.

La famiglia si appoggiò comodamente allo schienale dei sedili.

Y discutieron las perspectivas para su futuro.

E hanno discusso delle prospettive per il loro futuro.

Al examinarlos más de cerca, sus perspectivas no eran malas.

A un esame più attento, le loro prospettive non erano male.

Los tres tenían trabajos con potencial para ganar más.

Tutti e tre avevano lavori che avrebbero potuto far guadagnare di più.

Nunca se habían preguntado sobre su trabajo.

Non si erano mai chiesti a vicenda del loro lavoro.

Pero ahora finalmente tenían tiempo para discutir esas cosas.

Ma ora finalmente avevano il tempo di discutere di queste cose.

También tenían la opción de mudarse a un apartamento más pequeño.

Avevano anche la possibilità di trasferirsi in un appartamento più piccolo.

Esto tendría el mayor impacto en sus vidas.

Ciò avrebbe avuto il massimo impatto sulle loro vite.

Su apartamento actual había sido elegido por Gregor.

Il loro appartamento attuale era stato scelto da Gregor.

Pero ahora podrían mudarse a algún lugar más asequible.

Ma ora potrebbero trasferirsi in un posto più conveniente.

Un apartamento más pequeño, pero en un lugar más práctico.

Un appartamento più piccolo, ma più pratico.

Hablar sobre el futuro hizo que Grete se sintiera nuevamente más animada.

Parlare del futuro rese Grete di nuovo più vivace.

El señor y la señora Samsa también notaron otros cambios en ella.

Il signor e la signora Samsa notarono in lei anche altri cambiamenti.

Sus mejillas se habían vuelto pálidas por todas sus preocupaciones.

Le sue guance erano diventate pallide a causa di tutte le preoccupazioni.

Pero ahora su hija se estaba convirtiendo en una bella dama.

Ma ora la loro figlia stava sbocciando e diventando una bella signora.

Ahora ella realmente era una joven bien formada y hermosa.

Ora era davvero una bella e robusta ragazza.

Sus padres guardaron silencio y admiraron a su hija.

I suoi genitori rimasero in silenzio e ammirarono la figlia.

Se miraron el uno al otro comunicándose inconscientemente.

Si scambiarono occhiate, comunicando inconsciamente.

"Pronto llegará el momento de encontrar un buen hombre para ella."

"Presto arriverà il momento di trovarle un brav'uomo."

El tranvía había llegado a su destino y redujo la velocidad.

Il tram era giunto a destinazione e aveva rallentato.

Su hija pareció confirmar sus nuevos sueños.

La loro figlia sembrava confermare i loro nuovi sogni.

Ella fue la primera en levantarse y estirar su joven cuerpo.

Fu la prima ad alzarsi e ad allungare il suo giovane corpo.